여행에의 초대

일러두기

- 이 책은 샤를 보들레르가 쓴 시 중 33편을 골라 번역하고 엮은 것이다. 번역을 위해 옮긴이가 참고한 책은 다음과 같다. Baudelaire, *Oeuvres complètes, présentation et notes de Marcel A. Ruff* (Seuil, 1968).

- 이 책에 실린 주석은 모두 옮긴이 주이다.

- 모든 행의 첫머리는 들여 쓰기를 하였다.

- 원문에서 대문자로 쓰인 단어와 이탤릭체로 쓰인 단어는 번역문에서 진한 글자로 강조하여 표시하였다.

- 문장부호의 경우, 한국과 쓰임이 다른 부호가 있음을 고려하여 번역문에서는 한국식으로 썼다. 가령 대시(—)는 한국에서는 잘 쓰지 않는 문장부호임을 고려하여 번역문에는 문맥상 꼭 필요한 부분에만 넣었다. 감정을 나타내는 쉼표와 느낌표 등은 한국어 문장의 맥락과 호흡을 고려하여 생략하거나 추가했다.

- 한 편의 시가 여러 쪽으로 나뉘는 경우, 연 단위로 구분하고 시의 마지막 행에 '▸'를 표기하여 다음 쪽에 이어짐을 표시했다. 하나의 연이 길어서 여러 쪽으로 나뉘는 경우에는 '▸▸'를 표기하여 해당 연이 계속 이어짐을 표시했다.

- 작가의 저작을 표기할 때에는 시집과 장편·단편 작품을 구분하여 표기하였다. 시집은 겹격쇠(『 』)를 표기하고 원제를 이탤릭체로, 장편 작품은 큰따옴표로 표기하고 원제를 이탤릭체로, 단편 작품은 홑격쇠(「 」)를 표기하고 원제를 정자로 썼다. 문학잡지, 계간지 등은 '≪ ≫'로 표기하고, 원제를 이탤릭체로 썼다. 문학 작품 외에 공연 등 극 작품은 '〈 〉'로 표기했다.

한울 세계시인선 02

여행에의 초대

샤를 보들레르 시선집

샤를 보들레르 지음

이봉지 옮김

차례

독자에게
— 위선자 독자여, — 날 닮은 자 — 내 형제여!

레스보스

레스보스, 뜨겁고 나른한 밤의 땅

Contents

LESBOS

Lesbos, terre des nuits chaudes et langoureuses

독자에게
— 위선자 독자여, — 날 닮은 자 — 내 형제여!

AU LECTEUR
— Hypocrite lecteur ; — mon semblable, — mon frère !

AU LECTEUR

La sottise, l'erreur, le péché, la lésine,

Occupent nos esprits et travaillent nos corps,

Et nous alimentons nos aimables remords,

Comme les mendiants nourrissent leur vermine.

Nos péchés sont têtus, nos repentirs sont lâches ;

Nous nous faisons payer grassement nos aveux,

Et nous rentrons gaiement dans le chemin bourbeux,

Croyant par de vils pleurs laver toutes nos tâches.

Sur l'oreiller du mal c'est Satan Trismégiste•

Qui berce longuement notre esprit enchanté,

Et le riche métal de notre volonté

Est tout vaporisé par ce savant chimiste. ‣

• 그리스어로 '키가 세 배나 큰 자'라는 뜻이다.

독자에게

어리석음, 과오, 죄악, 인색이
우리 정신에 들어앉아 몸을 지배하니
우리는 애틋한 뉘우침만 보듬어 키운다.
거지들이 몸에 이를 보듬어 키우듯.

우리의 죄는 질기나 회개는 무르다.
우리는 실컷 '내 탓이요'를 외친 다음,
개운한 마음으로 진창길로 되돌아간다.
비열한 눈물 한 방울로 모든 죄가 씻겼다 믿으며.

악의 베개 위에 앉은 것은 바로 **사탄**,
그가 우리의 홀린 넋을 살살 흔들어 재우니,
우리네 의지라는 귀금속은
이 유식한 화학자의 손에서 깡그리 증발한다. ▸

11

C'est le diable qui tient les fils qui nous remuent !
Aux objets répugnants nous trouvons des appas ;
Chaque jour vers l'Enfer nous descendons d'un pas,
Sans horreur, à travers des ténèbres qui puent.

Ainsi qu'un débauché pauvre qui baise et mange
Le sein martyrisé d'une antique catin,
Nous volons au passage un plaisir clandestin
Que nous pressons bien fort comme une vieille orange.

Serré, fourmillant, comme un million d'helminthes,
Dans nos cerveaux ribote un peuple de Démons,
Et, quand nous respirons, la Mort dans nos poumons
Descend, fleuve invisible, avec de sourdes plaintes.

Si le viol, le poison, le poignard, l'incendie,
N'ont pas encor brodé de leurs plaisants dessins
Le canevas banal de nos piteux destins,
C'est que notre âme, hélas ! n'est pas assez hardie. ›

우리는 **악마**의 줄에 매달린 꼭두각시!
더럽고 역겨운 것을 탐하여
매일매일 한 걸음씩 **지옥**으로 내려간다.
혐오도 경악도 없이, 악취 풍기는 깜깜한 어둠을 뚫고.

늙은 창녀의 쭈글쭈글한 젖가슴을
물고 빠는 가난한 난봉꾼처럼,
이 길에서 우리는 은밀한 쾌락을 훔쳐
시들어 빠진 오렌지 짜듯 악착같이 쥐어짠다.

우리 뇌수는 **마귀** 떼들의 잔치판,
수백만 기생충처럼 빽빽이 모여 우글거린다.
우리가 숨을 쉬면 **죽음**이 허파 속으로 내려온다.
보이지 않는 강물처럼, 들리지 않는 비명처럼.

비참한 우리 운명의 진부한 캔버스가
강간, 독약, 비수, 방화 같은 끔찍한 것들로,
아직까지 알록달록 물들지 않은 것은,
단지 우리네 영혼이 썩 대담하지 못한 탓일 뿐. ▸

Mais parmi les chacals, les panthères, les lices,

Les singes, les scorpions, les vautours, les serpents,

Les monstres glapissants, hurlants, grognants, rampants,

Dans la ménagerie infâme de nos vices,

Il en est un plus laid, plus méchant, plus immonde !

Quoiqu'il ne pousse ni grands gestes ni grands cris,

Il ferait volontiers de la terre un débris

Et dans un bâillement avalerait le monde ;

C'est l'Ennui ! — l'oeil chargé d'un pleur involontaire,

Il rêve d'échafauds en fumant son houka.

Tu le connais, lecteur, ce monstre délicat,

— Hypocrite lecteur ; — mon semblable, — mon frère !

그러나 승냥이, 표범, 사냥개,
원숭이, 전갈, 독수리, 뱀 등,
우리 악덕의 끔찍한 가축우리에서
짖고, 악쓰고, 으르렁거리며 기는 모든 괴물들 중에서,

가장 추악하고 악랄하고 더러운 놈이 있으니,
그 놈은 야단스런 몸짓도, 벽력같은 고함도 없이,
지구를 거뜬히 산산조각 내고
하품 한 번에 온 세상을 삼키리니.

그놈이 바로 **권태**! — 눈에는 본의 아닌 눈물 머금고,
물담배*빨아대며 단두대를 꿈꾼다.
그대는 알고 있지, 이 까다로운 괴물을,
— 위선자 독자여, — 날 닮은 자 — 내 형제여!

---

* 아편을 피우는 기구. 주로 중동이나 인디아에서 사용되었다.

L'ALBATROS

Souvent, pour s'amuser, les hommes d'équipage
Prennent des albatros, vastes oiseaux des mers,
Qui suivent, indolents compagnons de voyage,
Le navire glissant sur les gouffres amers.

À peine les ont-ils déposés sur les planches,
Que ces rois de l'azur, maladroits et honteux,
Laissent piteusement leurs grandes ailes blanches
Comme des avirons traîner à côté d'eux.

Ce voyageur ailé, comme il est gauche et veule !
Lui, naguère si beau, qu'il est comique et laid !
L'un agace son bec avec un brûle-gueule,
L'autre mime, en boitant, l'infirme qui volait !

Le Poète est semblable au prince des nuées
Qui hante la tempête et se rit de l'archer ;
Exilé sur le sol au milieu des huées,
Ses ailes de géant l'empêchent de marcher.

알바트로스

때로 뱃사람들은 그저 심심풀이로
거대한 바닷새 알바트로스를 붙잡는다.
검푸른 심연 위로 미끄러지는 배를 따라
무심하게 나는 항해의 길동무를.

창공의 왕자들, 포로처럼 붙잡혀
갑판 위로 끌려 내려오면
어색하고 창피하여, 거대한 흰 날개를
노라도 젖는 양, 양 옆구리에 질질 끄네.

날개 달린 이 나그네, 얼마나 서툴고 무력한가!
그토록 아름답던 그대, 어찌 이리 우습고 흉해졌는가!
어떤 자는 파이프로 그대 부리를 찌르고,
또 어떤 자는 절름거리며 흉내 내네, 그대, 하늘을 주름잡던 병신!

시인도 다를 바 없네, 구름의 왕자와 같은 신세네.
폭풍 속을 넘나들고 활시위를 비웃었건만,
지상에 유배되어 야유 속에 내몰리니,
거인 같은 날개가 발걸음을 방해하네.

ÉLÉVATION

Au-dessus des étangs, au-dessus des vallées,
Des montagnes, des bois, des nuages, des mers,
Par delà le soleil, par delà les éthers,
Par delà les confins des sphères étoilées,

Mon esprit, tu te meus avec agilité,
Et, comme un bon nageur qui se pâme dans l'onde,
Tu sillonnes gaiement l'immensité profonde
Avec une indicible et mâle volupté.

Envole-toi bien loin de ces miasmes morbides ;
Va te purifier dans l'air supérieur,
Et bois, comme une pure et divine liqueur,
Le feu clair qui remplit les espaces limpides.

Derrière les ennuis et les vastes chagrins
Qui chargent de leur poids l'existence brumeuse,
Heureux celui qui peut d'une aile vigoureuse
S'élancer vers les champs lumineux et sereins ; ‣

상승

못을 넘어, 골짜기를 넘어,
산과 숲과 구름과 바다를 넘어,
태양을 지나, 에테르를 지나
은하계의 경계를 지나,

내 정신, 그대 날렵하게 움직여,
물결 속에서 황홀에 겨운 능숙한 헤엄꾼처럼,
깊고 그윽한 무한을 즐겁게 누빈다.
형언할 수 없이 힘찬 기쁨 속에서.

이 병든 악취와 독기를 뿌리치고 멀리 날아가
드높은 대기 속에서 그대 몸을 깨끗이 씻어라.
그리고 마셔라, 순결하고 신성한 술을 마시듯,
청명한 공간을 가득 채운 저 찬란한 불꽃을.

안개 낀 삶을 무겁게 짓누르는
모든 권태와 온갖 근심을 뒤로하고,
힘찬 날개로 고요하고 찬란한 창공을 향해
날아갈 수 있는 자, 행복하여라! ▸

Celui dont les pensers, comme des alouettes,

Vers les cieux le matin prennent un libre essor,

— Qui plane sur la vie, et comprend sans effort

Le langage des fleurs et des choses muettes!

아침이면 생각이 종달새처럼
하늘을 향해 자유롭게 솟아오르는 자,
— 삶 위를 날며, 꽃들과 말 없는 사물들의 말을
힘들이지 않고 알아듣는 자, 행복하여라!

CORRESPONDANCES

La Nature est un temple où de vivants piliers
Laissent parfois sortir de confuses paroles ;
L'homme y passe à travers des forêts de symboles
Qui l'observent avec des regards familiers.

Comme de longs échos qui de loin se confondent
Dans une ténébreuse et profonde unité,
Vaste comme la nuit et comme la clarté,
Les parfums, les couleurs et les sons se répondent.

Il est des parfums frais comme des chairs d'enfants,
Doux comme les hautbois, verts comme les prairies,
— Et d'autres, corrompus, riches et triomphants,

Ayant l'expansion des choses infinies,
Comme l'ambre, le musc, le benjoin et l'encens,
Qui chantent les transports de l'esprit et des sens.

상응(相應)

자연은 하나의 신전, 그 살아 있는 기둥들은
때때로 혼란스런 말들을 흘려보낸다.
인간이 이 상징의 숲을 건너갈 때
숲은 우리에게 정다운 눈길을 보낸다.

밤처럼, 그리고 찬란한 빛처럼 드넓은
어둡고 깊은 통합 속에서
긴 메아리 멀리서 반향 되어 섞이듯
향기와 색채와 소리가 서로 화답한다.

어린애 살결처럼 신선하고,
오보에처럼 부드럽고, 초원처럼 푸른 향기도 있고,
— 또 다른, 썩고, 풍성하고 의기양양한 향기들도 있어,

용연향, 사향, 안식향, 훈향처럼
무한한 것들의 영역으로 확산하며
정신과 감각의 환희를 노래한다.

LES PHARES

Rubens, fleuve d'oubli, jardin de la paresse,
Oreiller de chair fraîche où l'on ne peut aimer,
Mais où la vie afflue et s'agite sans cesse,
Comme l'air dans le ciel et la mer dans la mer ;

Léonard de Vinci, miroir profond et sombre,
Où des anges charmants, avec un doux souris
Tout chargé de mystère, apparaissent à l'ombre
Des glaciers et des pins qui ferment leur pays ;

Rembrandt, triste hôpital tout rempli de murmures,
Et d'un grand crucifix décoré seulement,
Où la prière en pleurs s'exhale des ordures,
Et d'un rayon d'hiver traversé brusquement ;

Michel-Ange, lieu vague où l'on voit des Hercules
Se mêler à des Christs, et se lever tout droits
Des fantômes puissants qui dans les crépuscules
Déchirent leur suaire en étirant leurs doigts ; ‣

등대들

루벤스, 망각의 강, 나태의 정원,
싱그러운 맨살의 베개, 사랑을 나눌 수 없는 곳.
그럼에도 충만한 생명은 쉼 없이 꿈틀거린다.
하늘의 공기처럼, 바다의 물결처럼.

레오나르도 다빈치, 깊고 어두운 거울,
부드러운 미소 띤 신비로운 천사들이,
그곳 세상을 둘러싸고 경계 짓는
빙하와 소나무 그늘에서 나타난다.

렘브란트, 신음 소리 가득한 음산한 병원,
오직 거대한 십자가만이 굽어보는 그곳.
오물과 쓰레기 더미 위로 눈물 어린 기도 올라가면,
불현듯 스쳐 가는 겨울 햇살 한 줄기.

미켈란젤로, 어슴푸레한 곳, 헤라클레스 무리들이
그리스도 무리들과 그곳에서 어울린다.
억센 유령들 땅거미 어스름 속에 벌떡 일어나
수의를 찢으며 손가락을 쭉 뻗는다. ▸

Colères de boxeur, impudences de faune,

Toi qui sus ramasser la beauté des goujats,

Grand cœur gonflé d'orgueil, homme débile et jaune,

Puget, mélancolique empereur des forçats ;

Watteau, ce carnaval où bien des cœurs illustres,

Comme des papillons, errent en flamboyant,

Décors frais et léger éclairés par des lustres

Qui versent la folie à ce bal tournoyant ;

Goya, cauchemar plein de choses inconnues,

De fœtus qu'on fait cuire au milieu des sabbats,

De vieilles au miroir et d'enfants toutes nues,

Pour tenter les démons ajustant bien leurs bas ; ‣

권투선수의 분노, 목신의 뻔뻔함,

그리고 천민의 미(美)까지 잘도 긁어모은 그대,

오만으로 부푼 큰 심장, 실상은 노리끼리 허약한 사내,

퓌제,* 그대는 도형수들의 우울한 제왕.

바토, 사육제의 밤, 수많은 유명 인사들이,

나비처럼 불타며 이리저리 거닌다.

산뜻하고 경쾌한 실내를 비추는 샹들리에,

어지럽게 돌아가는 춤판에 광란을 더하네.

고야, 낯선 것들로 가득 찬 악몽,

마녀의 잔치판, 끓는 솥에서 익어가는 태아들,

거울 보는 노파들, 그리고 악마를 꾀려고

스타킹을 매만지는 벌거벗은 소녀들.　▸

* 　피에르 폴 퓌제(Pierre Paul Pujet, 1620~1694): 프랑스의 화가. 조각가이자 건축
가이기도 하다.

Delacroix, lac de sang hanté des mauvais anges,

Ombragé par un bois de sapins toujours vert,

Où, sous un ciel chagrin, des fanfares étranges

Passent, comme un soupir étouffé de Weber;

Ces malédictions, ces blasphèmes, ces plaintes,

Ces extases, ces cris, ces pleurs, ces *Te Deum*,

Sont un écho redit par mille labyrinthes;

C'est pour les cœurs mortels un divin opium!

C'est un cri répété par mille sentinelles,

Un ordre renvoyé par mille porte-voix;

C'est un phare allumé sur mille citadelles,

Un appel de chasseurs perdus dans les grands bois!

Car c'est vraiment, Seigneur, le meilleur témoignage

Que nous puissions donner de notre dignité

Que cet ardent sanglot qui roule d'âge en âge

Et vient mourir au bord de votre éternité!

들라크루아, 사악한 천사들이 출몰하는 피의 호수,
사철 푸른 전나무 숲 그늘 드리우고,
우울한 하늘 아래 야릇한 군악대 소리
베버 음악의 숨죽인 한숨처럼 지나간다.

이 모든 저주, 이 모든 불경(不敬), 이 모든 탄식,
이 황홀, 이 외침, 이 울음, 이 **감사의 찬송**,
그것은 수천의 미로에서 반복되는 메아리.
결국 죽을 존재인 인간을 위한 신성한 아편!

그것은 수천의 보초병들이 수없이 내지르는 외침,
수천의 나팔이 전하고 또 전하는 명령,
수천의 성채 위에서 저마다 빛나는 등대,
깊은 숲속에서 길 잃은 사냥꾼들의 구조 신호!

왜냐하면, 주여, 이것은 진정,
우리의 존엄을 당신께 보여드릴 최상의 증거.
이 뜨거운 흐느낌은 시대를 따라 흐르고 흘러
당신의 영원한 강가에서 스러질 테니!

L'ENNEMI

Ma jeunesse ne fut qu'un ténébreux orage,
Traversé çà et là par de brillants soleils ;
Le tonnerre et la pluie ont fait un tel ravage,
Qu'il reste en mon jardin bien peu de fruits vermeils.

Voilà que j'ai touché l'automne des idées,
Et qu'il faut employer la pelle et les râteaux
Pour rassembler à neuf les terres inondées,
Où l'eau creuse des trous grands comme des tombeaux.

Et qui sait si les fleurs nouvelles que je rêve
Trouveront dans ce sol lavé comme une grève
Le mystique aliment qui ferait leur vigueur ?

— Ô douleur ! ô douleur ! Le Temps mange la vie,
Et l'obscur Ennemi qui nous ronge le cœur
Du sang que nous perdons croît et se fortifie !

원수

내 청춘은 캄캄한 폭풍우였다.
밝은 햇빛도 여기저기 가끔 비치긴 했지.
그러나 천둥과 비바람 거세게 휘몰아쳐
내 뜰엔 빨간 열매 남은 것이 별로 없다.

어느덧 나는 사상(思想)의 가을에 들어섰다.
이제 삽과 쇠스랑을 손에 쥐고
홍수에 씻긴 땅을 새로 갈아야겠다.
큰물에 뻥 뚫린 무덤처럼 큰 구덩이를 메워야겠다.

누가 알랴, 내가 꿈꾸는 새로운 꽃들이
모래톱처럼 씻겨나간 이 흙에서
신비한 생명의 양식을 찾을 수 있을지?

아, 괴롭구나, 괴로워! **시간**은 생명을 좀먹고,
우리 심장을 갉아먹는 이 정체 모를 **원수**는
우리가 흘리는 피를 먹고 쑥쑥 자라는구나!

LA VIE ANTÉRIEURE

J'ai longtemps habité sous de vastes portiques
Que les soleils marins teignaient de mille feux,
Et que leurs grands piliers, droits et majestueux,
Rendaient pareils, le soir, aux grottes basaltiques.

Les houles, en roulant les images des cieux,
Mêlaient d'une façon solennelle et mystique
Les tout-puissants accords de leur riche musique
Aux couleurs du couchant reflété par mes yeux.

C'est là que j'ai vécu dans les voluptés calmes,
Au milieu de l'azur, des vagues, des splendeurs
Et des esclaves nus, tout imprégnés d'odeurs,

Qui me rafraîchissaient le front avec des palmes,
Et dont l'unique soin était d'approfondir
Le secret douloureux qui me faisait languir.

전생(前生)

나 오랫동안 살아왔네, 바다의 태양이
수천의 불길로 물들이는 널따란 주랑 아래서,
곧고, 위엄 있는 장대한 기둥들로
저녁이면 현무암 동굴처럼 보이던 그곳에서.

넘실대는 물결은 하늘 그림자로 일렁이며,
그 풍요로운 음악의 전능한 화음을
내 눈에 비치는 석양빛에
장엄하고 신비롭게 섞어주었네.

바로 그곳에서 나는 살아왔네, 차분한 쾌락 속에서,
창공과, 파도와 찬란한 빛 가운데서,
온몸에 향기 은은한 노예들에 둘러싸여.

종려 잎으로 내 이마를 식혀주던 그이들,
그 유일한 임무는 내 마음을 괴롭히는
고통스런 비밀을 깊이 헤아리는 것이었네.

L'HOMME ET LA MER

Homme libre, toujours tu chériras la mer !

La mer est ton miroir ; tu contemples ton âme

Dans le déroulement infini de sa lame,

Et ton esprit n'est pas un gouffre moins amer.

Tu te plais à plonger au sein de ton image ;

Tu l'embrasses des yeux et des bras, et ton cœur

Se distrait quelquefois de sa propre rumeur

Au bruit de cette plainte indomptable et sauvage.

Vous êtes tous les deux ténébreux et discrets :

Homme, nul n'a sondé le fond de tes abîmes ;

Ô mer, nul ne connaît tes richesses intimes,

Tant vous êtes jaloux de garder vos secrets !

Et cependant voilà des siècles innombrables

Que vous vous combattez sans pitié ni remord,

Tellement vous aimez le carnage et la mort,

Ô lutteurs éternels, ô frères implacables !

인간과 바다

자유인이여, 너는 언제나 바다를 사랑하리!
바다는 네 거울이니, 끝없이 굽이치는 물결 위에,
네 영혼 비추어 보면,
네 정신 또한 바다처럼 깊고 쓰라린 심연.

물결에 비친 네 모습 속에 즐거이 뛰어들어,
눈으로 애무하고, 팔로 껴안는다.
그리고 그 길들일 수 없는 야성의 비탄 소리에,
문득 네 가슴의 동요를 잊는다.

너희 둘은 모두 음흉하고 조심스럽다.
인간이여, 아무도 네 심연의 바다를 헤아리지 못했고,
오, 바다여, 아무도 네 은밀한 보물을 알지 못하도록,
그렇게 악착같이 비밀을 지켜왔다.

하지만 너희는 그 옛날 태곳적부터
연민도 회한도 없이 서로 싸워왔다.
그토록 너희는 살육과 죽음을 좋아한다.
오, 영원한 싸움꾼, 오, 무자비한 형제여!

LA BEAUTÉ

Je suis belle, ô mortels! comme un rêve de pierre,

Et mon sein, où chacun s'est meurtri tour à tour,

Est fait pour inspirer au poète un amour

Éternel et muet ainsi que la matière.

Je trône dans l'azur comme un sphinx incompris;

J'unis un cœur de neige à la blancheur des cygnes;

Je hais le mouvement qui déplace les lignes,

Et jamais je ne pleure et jamais je ne ris.

Les poètes, devant mes grandes attitudes,

Que j'ai l'air d'emprunter aux plus fiers monuments,

Consumeront leurs jours en d'austères études;

Car j'ai, pour fasciner ces dociles amants,

De purs miroirs qui font toutes choses plus belles:

Mes yeux, mes larges yeux aux clartés éternelles!

아름다움

오, 인간들이여! 나는 아름답다, 돌의 꿈만큼,
너희는 앞다퉈 달려들다 다친다, 내 젖가슴 앞에서,
하지만 시인아, 네가 내게 바쳐야 할 사랑은
질료처럼 영원하고 과묵한 사랑, 바로 그것이다.

나는 불가사의한 스핑크스처럼 창공에 군림하며,
백설의 마음을 순백의 백조에 잇는다.
반듯한 선을 흩뜨리는 모든 움직임을 혐오하며,
결코 울지 않고, 또 웃지도 않는다.

위풍당당한 기념물을 그대로 본뜬 듯한
고귀한 내 자태 앞에서, 시인아, 그대들은
경건한 탐구에 일생을 바칠 것이다.

왜냐면 순종적인 애인들아, 그대들은 홀렸으니까,
모든 것을 한결 아름답게 비춰주는 이 맑은 거울,
나의 눈, 영원한 빛을 발하는 커다란 내 눈에.

HYMNE À LA BEAUTÉ

Viens-tu du ciel profond ou sors-tu de l'abîme,
Ô Beauté ! ton regard, infernal et divin,
Verse confusément le bienfait et le crime,
Et l'on peut pour cela te comparer au vin.

Tu contiens dans ton œil le couchant et l'aurore ;
Tu répands des parfums comme un soir orageux ;
Tes baisers sont un philtre et ta bouche une amphore
Qui font le héros lâche et l'enfant courageux.

Sors-tu du gouffre noir ou descends-tu des astres ?
Le Destin charmé suit tes jupons comme un chien ;
Tu sèmes au hasard la joie et les désastres,
Et tu gouvernes tout et ne réponds de rien.

Tu marches sur des morts, Beauté, dont tu te moques ;
De tes bijoux l'Horreur n'est pas le moins charmant,
Et le Meurtre, parmi tes plus chères breloques,
Sur ton ventre orgueilleux danse amoureusement. ▸

미녀 찬가

하늘에서 오느냐, 심연에서 솟느냐,
오 **미녀여!** 사악하고 성스러운 네 눈길,
선과 악을 구별 없이 마구 쏟아부으니,
그 점에서 너는 술과 흡사하구나.

네 눈 속에는 석양과 여명이 함께 담기고,
네 향기는 폭풍우 치는 저녁나절처럼 짙고,
네 입맞춤은 미약(媚藥), 네 입은 술 단지,
영웅을 비겁하게, 어린애를 용감하게 만든다.

캄캄한 구렁에서 나오느냐, 별에서 내려오느냐?
운명조차 네게 사로잡혀 개처럼 네 속치마를 뒤쫓는구나.
너는 네 멋대로 기쁨과 재난을 흩뿌리고,
모든 것을 지배하되, 아무것도 책임지지 않는다.

미녀여, 너는 웃으면서 주검들을 지르밟는다.
네 보석들 중에 **공포**가 제일이요,
살인 또한 못지않은 최고 값비싼 보물,
그것이 네 오만한 배 위에서 정답게 춤춘다. ▸

L'éphémère ébloui vole vers toi, chandelle,

Crépite, flambe et dit : Bénissons ce flambeau !

L'amoureux pantelant incliné sur sa belle

A l'air d'un moribond caressant son tombeau.

Que tu viennes du ciel ou de l'enfer, qu'importe,

Ô Beauté ! monstre énorme, effrayant, ingénu !

Si ton œil, ton souris, ton pied, m'ouvrent la porte

D'un Infini que j'aime et n'ai jamais connu ?

De Satan ou de Dieu, qu'importe ? Ange ou Sirène,

Qu'importe, si tu rends, — fée aux yeux de velours,

Rythme, parfum, lueur, ô mon unique reine ! —

L'univers moins hideux et les instants moins lourds ?

현혹된 하루살이가 네 촛불에 날아들어,
타닥타닥 타면서 말한다. "이 횃불에 축복을!"
제 애인 위에서 헐떡이는 사내는
제 무덤을 쓰다듬는 빈사의 환자 같구나.

네가 천국에서 오건 지옥에서 오건, 무슨 상관이랴?
오 **미녀**여! 거대하고, 끔찍하고, 천진난만한 괴물아!
만일 너의 눈, 너의 미소, 너의 발이 그 문을 열어주기만 한다면,
내가 사랑하면서도 결코 알 수 없었던 무한의 문을.

사탄에서 왔건 **신**에서 왔건, **천사**건 **세이렌**이건, 무슨 상관이랴?
만일 네가 — 오 벨벳 같은 눈을 가진 요정이여!
운율이여, 향기여, 빛이여, 오 나의 유일한 여왕이여! —
세상을 덜 추악하게, 매 순간을 덜 무겁게 만들어 준다면.

PARFUM EXOTIQUE

Quand, les deux yeux fermés, en un soir chaud d'automne,
Je respire l'odeur de ton sein chaleureux,
Je vois se dérouler des rivages heureux
Qu'éblouissent les feux d'un soleil monotone ;

Une île paresseuse où la nature donne
Des arbres singuliers et des fruits savoureux ;
Des hommes dont le corps est mince et vigoureux,
Et des femmes dont l'œil par sa franchise étonne.

Guidé par ton odeur vers de charmants climats,
Je vois un port rempli de voiles et de mâts
Encor tout fatigués par la vague marine,

Pendant que le parfum des verts tamariniers,
Qui circule dans l'air et m'enfle la narine,
Se mêle dans mon âme au chant des mariniers.

이국의 향기

따사로운 가을 저녁, 두 눈을 감고,
훈훈한 네 젖가슴 향기 맡으면,
단조로운 햇빛, 불처럼 찬란한,
행복의 나라, 평화로운 해변이 펼쳐지네.

느림보 섬나라엔 자연이 준 선물 넘쳐나네.
온갖 진귀한 나무와 맛있는 과일,
몸매 날씬하고 원기 왕성한 사내들,
그리고 놀랍도록 눈빛 또렷한 여자들.

너의 향기에 이끌려 간 매혹적인 고장에서,
나는 본다. 돛과 돛대로 가득한 항구,
바다 물결에 흔들리며 지친 몸 쉬고 있구나.

그동안 초록빛 타마린드 향기는
바람에 떠돌며 콧구멍을 간지럽히고,
내 영혼에 들어와 선원들의 노래에 뒤섞인다.

LA CHEVELURE

Ô toison, moutonnant jusque sur l'encolure !
Ô boucles ! Ô parfum chargé de nonchaloir !
Extase ! Pour peupler ce soir l'alcôve obscure
Des souvenirs dormant dans cette chevelure,
Je la veux agiter dans l'air comme un mouchoir !

La langoureuse Asie et la brûlante Afrique,
Tout un monde lointain, absent, presque défunt,
Vit dans tes profondeurs, forêt aromatique !
Comme d'autres esprits voguent sur la musique,
Le mien, ô mon amour ! nage sur ton parfum.

J'irai là-bas où l'arbre et l'homme, pleins de sève,
Se pâment longuement sous l'ardeur des climats ;
Fortes tresses, soyez la houle qui m'enlève !
Tu contiens, mer d'ébène, un éblouissant rêve
De voiles, de rameurs, de flammes et de mâts : ‣

머리채

오 양털 같은 머리채, 목덜미까지 드리웠네!
오 곱슬곱슬한 머릿결, 오 나른한 머리 내음!
황홀하구나! 이 머리채에 잠자는 수많은 추억으로
오늘 밤 내 어두운 침실을 채우기 위해
나 그것을 활짝 펴서 손수건처럼 흔들고 싶구나!

나른한 아시아, 뜨거운 아프리카,
너무도 멀어 마치 없는 것 같은 빈사 상태의 한 세계가
이 향기로운 숲, 네 깊은 머리칼 속에 살아 있구나!
다른 사람들이 음악에 따라 노 저어 가듯,
내 사랑이여! 내 마음은 그대 향기를 따라 헤엄친다.

나는 가련다. 나무와 사람이 정기로 가득한 그곳으로,
뜨거운 태양 아래 느긋하게 황홀을 즐기는 그곳으로.
단단한 머리채여! 물결이 되어 나를 싣고 가다오!
흑단 같은 바다여, 네가 품은 찬란한 꿈은,
흰 돛과 돛대와 사공들, 그리고 타는 불꽃으로 눈부시다. ▸

Un port retentissant où mon âme peut boire

À grands flots le parfum, le son et la couleur ;

Où les vaisseaux, glissant dans l'or et dans la moire,

Ouvrent leurs vastes bras pour embrasser la gloire

D'un ciel pur où frémit l'éternelle chaleur.

Je plongerai ma tête amoureuse d'ivresse

Dans ce noir océan où l'autre est enfermé ;

Et mon esprit subtil que le roulis caresse

Saura vous retrouver, ô féconde paresse,

Infinis bercements du loisir embaumé !

Cheveux bleus, pavillon de ténèbres tendues,

Vous me rendez l'azur du ciel immense et rond ;

Sur les bords duvetés de vos mèches tordues

Je m'enivre ardemment des senteurs confondues

De l'huile de coco, du musc et du goudron. ‣

웅성웅성 온갖 소리 울리는 항구에서 내 영혼은
향기와 소리와 색채를 꿀꺽꿀꺽 들이마시고,
금물결 위로 미끄러지는 돛단배들은
거대한 두 팔 벌려 영광스레 껴안는다.
영원한 열기 아롱거리는 순수의 하늘을.

사랑에 도취된 내 머리를 묻으리라,
또 하나의 바다가 숨겨진 이 검은 대양 속에.
출렁이는 물결이 내 영혼을 애무하면,
풍요로운 게으름 속에서 나는 되찾으리라,
느긋하고 향기롭던 시절의 끝없는 자장가를!

네 푸른 머리는 검은 장막 둘러친 정자처럼,
거대한 둥근 창공의 빛을 반사하고,
둥글게 말린 네 머리 끝자락 솜털에선
야자유와 사향, 그리고 타르 냄새가
어지러이 뒤섞이며 나를 매료시키네. ▸

Longtemps! toujours! ma main dans ta crinière lourde

Sèmera le rubis, la perle et le saphir,

Afin qu'à mon désir tu ne sois jamais sourde!

N'es-tu pas l'oasis où je rêve, et la gourde

Où je hume à longs traits le vin du souvenir?

오랫동안! 영원히! 나는 네 묵직한 갈기 속에 손을 넣고,
루비와 진주, 그리고 사파이어를 심으련다.
그러면 너도 내 욕망을 절대 거절하지 않겠지.
너는 바로 내가 꿈꾸는 오아시스요, 술병이다.
그리고 나는 그 병에 담긴 추억을 길게 들이마신다.

JE T'ADORE À L'ÉGALE DE LA VOÛTE NOCTURNE

Je t'adore à l'égal de la voûte nocturne,
Ô vase de tristesse, ô grande taciturne,
Et t'aime d'autant plus, belle, que tu me fuis,
Et que tu me parais, ornement de mes nuits,
Plus ironiquement accumuler les lieues
Qui séparent mes bras des immensités bleues.

Je m'avance à l'attaque, et je grimpe aux assauts,
Comme après un cadavre un chœur de vermisseaux,
Et je chéris, ô bête implacable et cruelle !
Jusqu'à cette froideur par où tu m'es plus belle !

나는 그대를 밤의 창공처럼 연모하오

나는 그대를 밤의 창공처럼 연모하오.
오 슬픔의 꽃병이여, 오 말이 없는 여인이여,
내 사랑, 그대가 날 피할수록 난 그대가 더 사랑스럽소.
내 밤의 귀한 장식인 그대여, 그대가 비웃듯
물러나 내 두 팔과 그대 푸른 무한 사이를 넓힐 때
나는 그대가 더욱 사랑스럽소.

나는 공격을 위해 전진하고, 돌격을 위해 기어오르오.
시체에 달려드는 구더기 떼처럼.
오 무정하고 잔인한 야수여! 나는 사랑하오,
그대의 냉혹함까지도, 그럴수록 그대는 더욱 아름답기에!

LE CHAT

Viens, mon beau chat, sur mon cœur amoureux ;
Retiens les griffes de ta patte,
Et laisse-moi plonger dans tes beaux yeux,
Mêlés de métal et d'agate.

Lorsque mes doigts caressent à loisir
Ta tête et ton dos élastique,
Et que ma main s'enivre du plaisir
De palper ton corps électrique,

Je vois ma femme en esprit. Son regard,
Comme le tien, aimable bête,
Profond et froid, coupe et fend comme un dard, ▸

고양이

이리 오너라, 내 예쁜 고양이, 사랑에 빠진 내 가슴 위로.
그 발톱은 감춰두고,
네 예쁜 두 눈에 날 잠기게 해다오,
금속과 마노*로 아롱진 그 예쁜 눈.

네 머리를, 그리고 네 매끄러운 등을
내 손가락으로 천천히 쓰다듬고,
찌릿찌릿한 네 몸을 두 손으로 더듬으며
짜릿한 쾌락에 전율할 때면,

심중의 내 여인이 머릿속에 떠오른다.
사랑스런 짐승아, 그녀의 눈길은 네 눈과 흡사하여,
그윽하고 차갑게, 투창처럼 자르고 꿰뚫는다. ▸

* 준보석의 일종으로 보통 자색이나 그 외에도 다양한 색깔이 있다. 줄무늬가
  있는 것은 '오닉스'라고도 불린다.

Et, des pieds jusques à la tête,

Un air subtil, un dangereux parfum

Nagent autour de son corps brun.

머리끝부터 발끝까지
미묘한 기운, 위험한 향기가
그녀의 갈색 몸을 감싸 돈다.

LE BALCON

Mère des souvenirs, maîtresse des maîtresses,
Ô toi, tous mes plaisirs ! ô toi, tous mes devoirs !
Tu te rappelleras la beauté des caresses,
La douceur du foyer et le charme des soirs,
Mère des souvenirs, maîtresse des maîtresses !

Les soirs illuminés par l'ardeur du charbon,
Et les soirs au balcon, voilés de vapeurs roses.
Que ton sein m'était doux ! que ton cœur m'était bon !
Nous avons dit souvent d'impérissables choses
Les soirs illuminés par l'ardeur du charbon.

Que les soleils sont beaux dans les chaudes soirées !
Que l'espace est profond ! que le cœur est puissant !
En me penchant vers toi, reine des adorées,
Je croyais respirer le parfum de ton sang.
Que les soleils sont beaux dans les chaudes soirées ! ›

발코니

추억의 어머니여, 연인 중의 연인이여,
오 그대, 나의 모든 기쁨! 오 그대, 나의 모든 의무!
그대 생각나는가, 감미로운 애무,
화톳불의 따스함, 그 저녁의 매혹이,
추억의 어머니여, 연인 중의 연인이여!

이글대는 석탄불이 빨갛게 타는 저녁,
장밋빛 안개 자욱한 발코니의 황혼,
너무도 포근하던 그대 가슴! 너무도 고왔던 그대 마음!
우린 변치 않는 사랑을 맹세했지,
이글대는 석탄불이 빨갛게 타는 저녁에.

더운 여름, 황혼 녘의 태양은 얼마나 아름다운가!
하늘은 얼마나 높고, 또 마음은 얼마나 굳은가!
연인 중의 여왕, 그대에게 몸 기대면,
그대 혈관에서 따뜻한 향내가 나는 듯 했지.
더운 여름, 황혼 녘의 태양은 얼마나 아름다운가! ▸

La nuit s'épaississait ainsi qu'une cloison,

Et mes yeux dans le noir devinaient tes prunelles,

Et je buvais ton souffle, ô douceur! ô poison!

Et tes pieds s'endormaient dans mes mains fraternelles.

La nuit s'épaississait ainsi qu'une cloison.

Je sais l'art d'évoquer les minutes heureuses,

Et revis mon passé blotti dans tes genoux.

Car à quoi bon chercher tes beautés langoureuses

Ailleurs qu'en ton cher corps et qu'en ton cœur si doux?

Je sais l'art d'évoquer les minutes heureuses!

Ces serments, ces parfums, ces baisers infinis,

Renaîtront-ils d'un gouffre interdit à nos sondes,

Comme montent au ciel les soleils rajeunis

Après s'être lavés au fond des mers profondes?

— Ô serments! ô parfums! ô baisers infinis!

밤은 검은 장막처럼 깊어만 갔지.
내 눈은 어둠 속에서 그대 눈동자를 헤아리고,
내 코는 그대 숨결을 마셨지, 오 달콤함이여! 오 미약(媚藥)이여!
그대 발은 다정한 내 손 안에서 잠이 들고.
밤은 검은 장막처럼 깊어만 갔지.

나는 아네, 행복한 순간들을 되살리는 비법을,
나는 그대 무릎 사이에서 다시 한 번 과거를 산다.
그대의 아름다움을 다른 데서 찾아 무엇 하리?
이 사랑스런 몸과 다정한 가슴이면 충분하지 않은가?
나는 아네, 행복한 순간들을 되살리는 비법을.

그 맹세, 그 향기, 끝없는 그 입맞춤,
끝 모를 심연에서 이 모든 것들 다시 태어날까?
깊은 바닷속에서 깨끗이 목욕 재개한 태양이
다시 회춘하여 싱싱하게 하늘로 떠오르듯이.
— 오 맹세! 오 향기! 오! 끝없는 그 입맞춤이여!

HARMONIE DU SOIR

Voici venir les temps où vibrant sur sa tige
Chaque fleur s'évapore ainsi qu'un encensoir ;
Les sons et les parfums tournent dans l'air du soir ;
Valse mélancolique et langoureux vertige !

Chaque fleur s'évapore ainsi qu'un encensoir ;
Le violon frémit comme un cœur qu'on afflige ;
Valse mélancolique et langoureux vertige !
Le ciel est triste et beau comme un grand reposoir.

Le violon frémit comme un cœur qu'on afflige,
Un cœur tendre, qui hait le néant vaste et noir !
Le ciel est triste et beau comme un grand reposoir ;
Le soleil s'est noyé dans son sang qui se fige.

Un cœur tendre, qui hait le néant vaste et noir,
Du passé lumineux recueille tout vestige !
Le soleil s'est noyé dans son sang qui se fige···
Ton souvenir en moi luit comme un ostensoir !

저녁의 조화

이제 그 시간이 오네. 꽃대 위에서 바들거리며
꽃들이 송이송이 향로처럼 피어오르고,
소리와 향기는 황혼의 대기 속에 빙빙 돈다.
우울한 왈츠여, 슬픈 소용돌이여!

꽃들이 송이송이 향로처럼 피어오르고,
바이올린은 상처받은 마음처럼 흐느낀다.
우울한 왈츠여, 슬픈 소용돌이여!
하늘은 큰 제단처럼 슬프고도 아름답다.

바이올린은 상처받은 마음처럼 흐느낀다.
따뜻한 그 마음은 어둡고 가없는 허무를 증오한다.
하늘은 큰 제단처럼 슬프고도 아름답고,
태양은 제 핏속에 잠긴 채 얼어붙는다.

따뜻한 그 마음은 어둡고 가없는 허무를 증오하며,
빛나는 과거의 찬란한 흔적을 모두 모은다.
태양은 제 핏속에 잠긴 채 얼어붙는데…
내 마음속 그대 추억 후광처럼 빛난다.

L'INVITATION AU VOYAGE

Mon enfant, ma sœur,

Songe à la douceur

D'aller là-bas vivre ensemble !

Aimer à loisir,

Aimer et mourir

Au pays qui te ressemble !

Les soleils mouillés

De ces ciels brouillés

Pour mon esprit ont les charmes

Si mystérieux

De tes traîtres yeux,

Brillant à travers leurs larmes.

Là, tout n'est qu'ordre et beauté,

Luxe, calme et volupté. ‣

여행에의 초대

내 딸아, 내 누이야,
꿈꾸어 보렴, 그곳에서
우리 함께할 행복한 삶을!
한가로이 사랑하고,
사랑하다 죽으리,
너를 닮은 그 나라에서
흐린 하늘의
물기 어린 태양은
한없이 신비로운 매력으로
내 마음을 사로잡네.
눈물 통해 반짝이는
변화무쌍한 네 눈처럼.

그곳은 모든 것이 질서와 아름다움,
호화로움, 고요, 그리고 쾌락뿐. ▸

Des meubles luisants,

Polis par les ans,

Décoreraient notre chambre ;

Les plus rares fleurs

Mêlant leurs odeurs

Aux vagues senteurs de l'ambre,

Les riches plafonds,

Les miroirs profonds,

La splendeur orientale,

Tout y parlerait

À l'âme en secret

Sa douce langue natale.

Là, tout n'est qu'ordre et beauté,

Luxe, calme et volupté. ▸

오랜 세월에 닦이어
윤나는 가구들이
우리 침실을 장식하리.
진귀한 꽃들이
은은한 용연향에
그 향기를 뒤섞고,
화려한 천장,
깊숙한 거울,
찬란한 동방의 장식품들,
이 모든 것들이
우리 영혼에 은밀히 속삭이리라.
감미로운 저마다의 언어를.

그곳은 모든 것이 질서와 아름다움,
호화로움, 고요, 그리고 쾌락뿐. ▸

Vois sur ces canaux

Dormir ces vaisseaux

Dont l'humeur est vagabonde ;

C'est pour assouvir

Ton moindre désir

Qu'ils viennent du bout du monde.

— Les soleils couchants

Revêtent les champs,

Les canaux, la ville entière,

D'hyacinthe et d'or ;

Le monde s'endort

Dans une chaude lumière.

Là, tout n'est qu'ordre et beauté,

Luxe, calme et volupté.

보라, 운하 위의 저 배들을,
방랑벽 심한 저들이건만,
지금은 조용히 잠들어 있네.
저들은 세상 끝에서 여기까지 왔다네.
너의 가장 작은 욕망까지
빠짐없이 채워주기 위해.
— 저무는 태양이
보랏빛과 황금빛으로
들판과 운하를 덮고,
온 도시를 물들인다.
세상은 잠든다,
따사로운 노을빛 속에.

그곳은 모든 것이 질서와 아름다움,
호화로움, 고요, 그리고 쾌락뿐.

CHANT D'AUTOMNE

I

Bientôt nous plongerons dans les froides ténèbres ;
Adieu, vive clarté de nos étés trop courts !
J'entends déjà tomber avec des chocs funèbres
Le bois retentissant sur le pavé des cours.

Tout l'hiver va rentrer dans mon être : colère,
Haine, frissons, horreur, labeur dur et forcé,
Et, comme le soleil dans son enfer polaire,
Mon cœur ne sera plus qu'un bloc rouge et glacé.

J'écoute en frémissant chaque bûche qui tombe ;
L'échafaud qu'on bâtit n'a pas d'écho plus sourd.
Mon esprit est pareil à la tour qui succombe
Sous les coups du bélier infatigable et lourd. ›

가을의 노래

I

곧 차디찬 어둠 속에 잠길 터이니,
너무나 짧았던 여름날 눈부신 빛이여 안녕!
벌써 안뜰마다 포석 위로
땔나무 떨어지는 소리 스산하게 들려온다.

온통 겨울이 내 존재를 파고들 터,
분노며 증오, 오한이며 공포, 억지로 하는 고된 일.
그리고 북극 지옥에 떨어진 태양과도 같은 내 심장은,
한 줌 얼어붙은 붉은 살덩이에 불과해질 터.

바닥에 떨어지는 장작 소리를 들으며 나는 전율한다.
교수대 세우는 소리보다 더 둔탁한 저 소리,
지침 없이 두들기는 육중한 파성추(破城椎)* 소리 같아,
나는 그 타격에 속절없이 무너지는 탑이 된 심정이다. ▸

---

* 중세에 사용한 무기의 일종. 쇠를 붙인 큰 통나무를 수레에 실은 채 밀고 당겨서 성을 파괴했다.

Il me semble, bercé par ce choc monotone,

Qu'on cloue en grande hâte un cercueil quelque part.

Pour qui ? — C'était hier l'été ; voici l'automne !

Ce bruit mystérieux sonne comme un départ.

II

J'aime de vos longs yeux la lumière verdâtre,

Douce beauté, mais tout aujourd'hui m'est amer,

Et rien, ni votre amour, ni le boudoir, ni l'âtre,

Ne me vaut le soleil rayonnant sur la mer.

Et pourtant aimez-moi, tendre cœur ! soyez mère,

Même pour un ingrat, même pour un méchant ;

Amante ou sœur, soyez la douceur éphémère

D'un glorieux automne ou d'un soleil couchant. ‣

자장가처럼 나를 흔드는 이 단조로운 소리에 몸을 맡기니,
어디선가 관에 못질하는 급한 망치 소리가 들리는 듯하다.
누구의 관인가? 어제 여름이었거늘 벌써 가을이라니!
저 신비스런 소리는 마치 출발 신호 같구나.

II

그대 갸름한 두 눈에 감도는 연초록빛 광채를 좋아해요.
다정한 이여, 하지만 오늘은 모든 것이 씁쓰레해요.
그대의 사랑, 그대의 침실, 그대의 난로,
그 어느 것도 바다 위를 비추는 태양만 못해요.

하나 다정한 이여, 날 사랑해 주오! 어머니가 되어주오!
은혜를 모르는 놈, 나쁜 놈일지라도,
애인도 좋고, 누이도 좋소, 잠깐의 따스함이라도 나눠주오.
찬란한 가을, 그도 아니면 지는 해의 그 덧없는 따스함을. ▸

Courte tâche ! La tombe attend ; elle est avide !

Ah ! laissez-moi, mon front posé sur vos genoux,

Goûter, en regrettant l'été blanc et torride,

De l'arrière-saison le rayon jaune et doux !

오래 걸리진 않소! 무덤이 기다린다오. 허기진 무덤!
아! 내 이마 그대 무릎에 묻고,
하얗게 작열하던 여름을 아쉬워하며,
따사로운 만추의 금빛 햇살을 맛보게 해주오!

À UNE DAME CRÉOLE

Au pays parfumé que le soleil caresse,
J'ai connu, sous un dais d'arbres tout empourprés
Et de palmiers d'où pleut sur les yeux la paresse,
Une dame créole aux charmes ignorés.

Son teint est pâle et chaud ; la brune enchanteresse
A dans le cou des airs noblement maniérés ;
Grande et svelte en marchant comme une chasseresse,
Son sourire est tranquille et ses yeux assurés.

Si vous alliez, Madame, au vrai pays de gloire,
Sur les bords de la Seine ou de la verte Loire,
Belle digne d'orner les antiques manoirs,

Vous feriez, à l'abri des ombreuses retraites,
Germer mille sonnets dans le cœur des poètes,
Que vos grands yeux rendraient plus soumis que vos noirs.

식민지 태생의 프랑스 부인께

태양이 애무하는 향기로운 고장에서,
나는 만났네, 심홍색 나무들과 종려나무 그늘 아래,
게으름이 비처럼 졸린 눈 위로 쏟아지는
그곳에서, 미지의 매력을 지닌 프랑스 부인을.

희고 따스한 얼굴빛, 매혹적인 갈색 머리,
갸름한 목덜미, 고상한 자태.
큰 키에 날씬한 몸매, 사냥의 여신처럼 당당한 걸음걸이,
그녀의 미소는 그윽하고, 눈빛 또한 의연하다.

부인, 당신이 만일 영광스런 조국의
센강이나 푸른 루아르 강변에 가신다면,
고풍스런 저택들은 당신의 미모로 더욱 찬란해지고,

고요한 그늘 아래 앉은 당신의 자태는
시인들의 마음에 수많은 시를 영글게 하고,
당신의 큰 눈은 그들을 남국의 하인처럼 길들이리.

MŒSTA ET ERRABUNDA*

Dis-moi ton coeur parfois s'envole-t-il, Agathe,

Loin du noir océan de l'immonde cité,

Vers un autre océan où la splendeur éclate,

Bleu, clair, profond, ainsi que la virginité?

Dis-moi, ton coeur parfois s'envole-t-il, Agathe?

La mer, la vaste mer, console nos labeurs!

Quel démon a doté la mer, rauque chanteuse

Qu'accompagne l'immense orgue des vents grondeurs,

De cette fonction sublime de berceuse?

La mer, la vaste mer, console nos labeurs!

Emporte-moi wagon! enlève-moi, frégate!

Loin! loin! ici la boue est faite de nos pleurs!

— Est-il vrai que parfois le triste coeur d'Agathe

Dise: Loin des remords, des crimes, des douleurs,

Emporte-moi, wagon, enlève-moi, frégate? ›

* 이 제목은 프랑스어가 아니라 '슬픔과 방랑'이라는 뜻의 라틴어이다.

슬픔과 방랑

말해봐요, 아가트, 그대 마음 때때로 날아가는지,
이 더러운 도시의 검은 대양을 떠나
찬란하게 빛나는 또 하나의 대양,
순결한 처녀처럼 푸르고, 맑고 깊은 바다를 향해.
말해봐요, 아가트, 그대 마음 때때로 날아가는지.

바다, 넓은 바다는 우리의 노고를 달래준다.
바다는 목쉰 가수, 으르렁대는 바람은
거대한 풍금, 도대체 어떤 악마가 이들에게
지고지순의 자장가를 부르게 했단 말인가?
바다, 넓은 바다는 우리의 노고를 달래준다.

기차야, 날 실어가렴. 배야, 날 데려가렴.
멀리! 멀리! 이 땅의 진흙탕엔 우리네 눈물이 철렁철렁!
— 정말로 아가트의 슬픈 마음은 때로 이런 말을 하는가?
회한과 죄악과 고통을 넘어 저 멀리,
기차야 날 실어가렴. 배야, 날 데려가렴. ▸

Comme vous êtes loin, paradis parfumé,

Où sous un clair azur tout n'est qu'amour et joie,

Où tout ce que l'on aime est digne d'être aimé,

Où dans la volupté pure le coeur se noie !

Comme vous êtes loin, paradis parfumé !

Mais le vert paradis des amours enfantines,

Les courses, les chansons, les baisers, les bouquets,

Les violons vibrant derrière les collines,

Avec les brocs de vin, le soir, dans les bosquets,

— Mais le vert paradis des amours enfantines,

L'innocent paradis, plein de plaisirs furtifs,

Est-il déjà plus loin que l'Inde et que la Chine ?

Peut-on le rappeler avec des cris plaintifs,

Et l'animer encor d'une voix argentine,

L'innocent paradis plein de plaisirs furtifs ?

향기로운 낙원이여, 참 멀기도 하구나.
티 없이 맑은 하늘 아래, 모든 것이 기쁨과 사랑인 그곳,
사랑받는 모든 것이 그럴 자격이 있고,
마음은 하염없이 순수한 쾌락 속에 잠기는 그곳!
향기로운 낙원이여, 참 멀기도 하구나!

하지만 풋사랑의 푸른 낙원은,
달음박질과 노래와 입맞춤과 꽃다발,
언덕 너머 어디선가 들려오던 바이올린 소리,
그리고 저녁나절 숲속에서 홀짝이던 포도주,
— 하지만 풋사랑의 푸른 낙원은,

은밀한 기쁨 가득한 무구한 낙원은,
이미 인도나 중국보다 더 멀어진 것일까?
애끓는 호소로 다시 불러와
은빛 목소리로 되살릴 수는 없는 것일까,
은밀한 기쁨 가득한 무구한 낙원을?

L'HORLOGE

Horloge ! dieu sinistre, effrayant, impassible,
Dont le doigt nous menace et nous dit : « *Souviens-toi !*
Les vibrantes Douleurs dans ton cœur plein d'effroi
Se planteront bientôt comme dans une cible ;

Le Plaisir vaporeux fuira vers l'horizon
Ainsi qu'une sylphide au fond de la coulisse ;
Chaque instant te dévore un morceau du délice
À chaque homme accordé pour toute sa saison.

Trois mille six cents fois par heure, la Seconde
Chuchote : *Souviens-toi !* — Rapide, avec sa voix
D'insecte, Maintenant dit : Je suis Autrefois,
Et j'ai pompé ta vie avec ma trompe immonde ! ›

시계

시계! 불길하고, 끔찍하고, 냉정한 신이여,
시곗바늘이 우리를 위협하며 말한다. *"잊지 마라!"*
화살이 과녁을 꿰뚫듯, 끔찍한 고통이
두려움 가득한 네 심장에 날아와 박히리라.

쾌락은 안개처럼 지평선 너머로 사라지리라,
무대 뒤로 사라지는 아름다운 여배우처럼.
한 시즌 동안 우리에게 허락된 열락에는 정량이 있고,
매 순간 그것은 조각조각 줄어든다.

한 시간은 삼 천 육 백 초, 매초마다 초침은 속삭인다.
잊지 마라! — 모기처럼 작은 목소리로
현재가 재빨리 말한다. 나는 이미 **과거**다.
난 더러운 내 빨대를 꽂고 네 생명을 빨아 마셨다! ▸

Remember ! Souviens-toi, prodigue ! Esto memor !

(Mon gosier de métal parle toutes les langues.)

Les minutes, mortel folâtre, sont des gangues

Qu'il ne faut pas lâcher sans en extraire l'or !

Souviens-toi que le Temps est un joueur avide

Qui gagne sans tricher, à tout coup ! c'est la loi.

Le jour décroît ; la nuit augmente ; *souviens-toi !*

Le gouffre a toujours soif ; la clepsydre se vide.

Tantôt sonnera l'heure où le divin Hasard,

Où l'auguste Vertu, ton épouse encor vierge,

Où le Repentir même (oh ! la dernière auberge !),

Où tout te dira : Meurs, vieux lâche ! il est trop tard ! »

리멤버! 탕자여 잊지 마라! 에스토 메모르!•
(내 금속 목청은 모든 언어를 다 구사할 수 있다.)
경박한 인간들이여, 시간은 금광석이니
금을 다 짜내기 전에는 결코 버려선 안 돼!

잊지 마라, **시간**은 탐욕스런 도박꾼.
속임수 없이도 판판이 이긴다! 이건 철칙이다.
낮은 짧아지고, 밤은 길어진다. *잊지 마라!*
심연은 언제나 목마르고, 물시계는 거의 비었다.

곧 종이 칠 것이다. 종소리와 함께
운명, 그리고 아직 처녀인 너의 아내, 존엄한 **미덕**,
또한 인생의 마지막 주막인 **참회** 등,
모든 것이 네게 말할 것이다. "죽어라, 비겁한 늙은이! 이제 너
무 늦었다!"

• 　라틴어로 '잊지 마라'라는 뜻이다.

À UNE PASSANTE

La rue assourdissante autour de moi hurlait.

Longue, mince, en grand deuil, douleur majestueuse,

Une femme passa, d'une main fastueuse

Soulevant, balançant le feston et l'ourlet;

Agile et noble, avec sa jambe de statue.

Moi, je buvais, crispé comme un extravagant,

Dans son œil, ciel livide où germe l'ouragan,

La douceur qui fascine et le plaisir qui tue.

Un éclair··· puis la nuit! — Fugitive beauté

Dont le regard m'a fait soudainement renaître,

Ne te verrai-je plus que dans l'éternité?

Ailleurs, bien loin d'ici! trop tard! *jamais* peut-être!

Car j'ignore où tu fuis, tu ne sais où je vais,

Ô toi que j'eusse aimée, ô toi qui le savais!

스쳐 지나간 여인에게

귀가 멍멍할 정도로 소란스럽게 아우성치는 거리,
날씬하고 후리후리한 검은 상복 정장의 여인이,
장중한 고통에 싸인 채 내 곁을 스쳐 지나갔다.
고운 손으로 레이스 치맛단을 살포시 쳐들고.

날렵하고 고상한 자태, 조각 같은 다리.
얼빠진 놈처럼 뻣뻣하게 굳어버린 나는,
폭풍우를 배태한 납빛 하늘 같은 그녀의 눈에서,
넋을 홀리는 감미로움과 치명적인 쾌락을 마셨다.

번개… 그리고는 어둠! ― 단 한 번 눈길로
날 되살리고, 홀연히 사라진 아름다운 여인이여,
나 그대를 영원히 다시 못 볼 것인가?

다른 곳, 아득히 먼 곳에서나! 너무 늦었어! 아마도 영영!
그대 간 곳 나 모르고, 내 가는 곳 그대 알지 못하니,
오 내가 사랑했을 그대, 오 그걸 알고 있던 그대여!

JE N'AI PAS OUBLIÉ

Je n'ai pas oublié, voisine de la ville,

Notre blanche maison, petite mais tranquille ;

Sa Pomone de plâtre et sa vieille Vénus

Dans un bosquet chétif cachant leurs membres nus,

Et le soleil, le soir, ruisselant et superbe,

Qui, derrière la vitre où se brisait sa gerbe,

Semblait, grand œil ouvert dans le ciel curieux,

Contempler nos dîners longs et silencieux,

Répandant largement ses beaux reflets de cierge

Sur la nappe frugale et les rideaux de serge.

나는 잊지 않았네

나는 잊지 않았네, 도시 근교의
작지만 고요한 우리의 하얀 집.
포모나* 석고상과 오래된 비너스 상은
나지막한 덤불로 벗은 팔다리를 가리고,
저녁이면 쏟아지는 찬란한 태양 빛이
유리창 너머에서 어지럽게 부서지며,
호기심 많은 하늘에 뚫린 커다란 눈처럼
우리의 길고 말 없는 저녁 식사를 지켜보는 듯했다.
소박한 식탁보와 뻣뻣한 능직 커튼 위에
촛불처럼 아름다운 노을빛을 아낌없이 퍼부으면서.

* 로마신화에서 과일나무와 정원과 과수원을 관장하는 여신

BRUMES ET PLUIES

O fins d'automne, hiver, printemps trempés de boue,
Endormeuses saisons ! je vous aime et vous loue
D'envelopper ainsi mon cœur et mon cerveau
D'un linceul vaporeux et d'un vague tombeau.

Dans cette grande plaine où l'autan froid se joue,
Où par les longues nuits la girouette s'enroue,
Mon âme mieux qu'au temps du tiède renouveau
Ouvrira largement ses ailes de corbeau.

Rien n'est plus doux au coeur plein de choses funèbres,
Et sur qui dès longtemps descendent les frimas,
O blafardes saisons, reines de nos climats,

Que l'aspect permanent de vos pâles ténèbres,
— Si ce n'est, par un soir sans lune, deux à deux,
D'endormir la douleur sur un lit hasardeux.

안개와 비

오 가을의 끝, 겨울, 진흙투성이 봄,
졸음의 계절들이여! 나 그대들을 사랑하고 찬양하노라.
자욱한 안개의 수의와 흐릿한 무덤으로
내 마음과 머리를 감싸주기에.

차가운 바람 노닐고, 긴긴밤 내내
바람개비 목이 쉬는 이 허허벌판에서,
내 영혼은 그 까마귀의 날개를 활짝 펴리,
따사로운 소생의 봄날보다 더욱 멀리.

이 마음엔 음산한 것 가득 차고,
이미 오래전부터 서리가 내리기 시작하였다.
아 희끄무레한 계절이여, 우리네 기후의 여왕이여.

이런 내 영혼엔 그대 창백한 어둠의 한결같은 모습보다
더 아늑한 것은 없구나, ─ 달 없는 밤 둘이서
우연의 침대에 누워 고통을 잠재우는 것을 제외한다면.

LE VIN DU SOLITAIRE

Le regard singulier d'une femme galante
Qui se glisse vers nous comme le rayon blanc
Que la lune onduleuse envoie au lac tremblant,
Quand elle y veut baigner sa beauté nonchalante ;

Le dernier sac d'écus dans les doigts d'un joueur ;
Un baiser libertin de la maigre Adeline ;
Les sons d'une musique énervante et câline,
Semblable au cri lointain de l'humaine douleur,

Tout cela ne vaut pas, ô bouteille profonde,
Les baumes pénétrants que ta panse féconde
Garde au coeur altéré du poète pieux ;

Tu lui verses l'espoir, la jeunesse et la vie,
— Et l'orgueil, ce trésor de toute gueuserie,
Qui nous rend triomphants et semblables aux Dieux !

외로운 자의 술

물결치는 달이 출렁이는 호수 위로
그 유유한 아름다움을 미역 감기려고
내려보내는 그때의 하얀 달빛과도 흡사하게
우리에게 다가오는 요염한 여인의 저 야릇한 눈길도,

노름꾼 손에 움켜진 마지막 동전푼도,
말라깽이 아들린의 난잡한 입맞춤도,
어떤 이가 멀리서 내지르는 고통의 외침처럼
짜증나고 달콤한 음악도,

그 모두가 너의 향기만 못하다, 오 깊숙한 술병이여,
너의 불룩한 배 속에 간직된 그 향기는
경건한 시인의 갈증 난 마음속으로 파고든다.

너는 시인에게 부어준다. 희망과 젊음과 생명을,
― 또한 우리를 승리로 이끌고 신들과도 동등하게 만드는
모든 거지들의 보배인 그 오만함까지도.

LA MORT DES AMANTS

Nous aurons des lits pleins d'odeurs légères,

Des divans profonds comme des tombeaux,

Et d'étranges fleurs sur des étagères,

Écloses pour nous sous des cieux plus beaux.

Usant à l'envi leurs chaleurs dernières,

Nos deux coeurs seront deux vastes flambeaux,

Qui réfléchiront leurs doubles lumières

Dans nos deux esprits, ces miroirs jumeaux.

Un soir fait de rose et de bleu mystique,

Nous échangerons un éclair unique,

Comme un long sanglot, tout chargé d'adieux ;

Et plus tard un Ange, entr'ouvrant les portes,

Viendra ranimer, fidèle et joyeux,

Les miroirs ternis et les flammes mortes.

연인들의 죽음

우리의 침대는 가벼운 향기로 가득하고,
우리의 소파는 무덤처럼 깊숙할 거야.
시렁 위에는 진기한 꽃들이 피어나고,
하늘은 지금보다 훨씬 더 아름다울 거야.

우리 두 마음은 마지막 열기를 짜내어,
커다란 두 횃불 되어 타오르리.
그리고 그 불빛은 우리의 정신이라는
쌍둥이 거울 위에 똑같이 반사되리.

장미의 분홍빛과 신비로운 푸른빛으로 아롱진 저녁,
우리는 단 한 번의 섬광 같은 눈길을 주고받을 거야,
그것은 긴 흐느낌 같은 우리의 마지막 작별 인사.

얼마 후, 한 **천사**가 살포시 문을 열고 들어와,
즐거운 마음으로 자기 임무를 수행할 거야,
흐려진 거울과 사윈 불꽃을 되살릴 거야.

레스보스

레스보스, 뜨겁고 나른한 밤의 땅

LESBOS

Lesbos, terre des nuits chaudes et langoureuses

LES BIJOUX

La très-chère était nue, et, connaissant mon cœur,
Elle n'avait gardé que ses bijoux sonores,
Dont le riche attirail lui donnait l'air vainqueur
Qu'ont dans leurs jours heureux les esclaves des Maures.

Quand il jette en dansant son bruit vif et moqueur,
Ce monde rayonnant de métal et de pierre
Me ravit en extase, et j'aime à la fureur
Les choses où le son se mêle à la lumière.

Elle était donc couchée et se laissait aimer,
Et du haut du divan elle souriait d'aise
A mon amour profond et doux comme la mer,
Qui vers elle montait comme vers sa falaise.

Les yeux fixés sur moi, comme un tigre dompté,
D'un air vague et rêveur elle essayait des poses,
Et la candeur unie à la lubricité
Donnait un charme neuf à ses métamorphoses ; ▸

보석

벌거벗은 내 사랑하는 여인은, 내 취향을 잘 알기에,
소리 나는 보석들로만 몸을 치장하고 있었다,
호사스런 장신구를 걸친 그녀는, 무어인들의 계집 노예들이
경사스런 날에 보이는 그런 당당한 모습을 보여주었다.

금속과 돌이 반짝이는 이 눈부신 세계,
춤추는 그녀 몸에서 조롱하듯 울리는 경쾌한 소리에
나는 황홀경에 빠진다. 그리고 나는 열렬히 사랑하게 된다,
소리와 빛이 뒤섞이고, 어우러지는 이 모든 것들을.

긴 의자에 누워서 사랑에 몸을 맡기고,
그녀는 내 사랑을 향해 편안한 미소를 지었다.
바다처럼 깊고 다정한 내 사랑은 파도처럼,
그녀의 절벽을 향해 솟구쳐 올랐다.

길들인 호랑이처럼, 나를 지긋이 바라보며,
몽롱하게 꿈꾸듯, 그녀는 온갖 교태를 지어보였다.
순진함과 음탕함이 어우러진 그녀의 자태는
그녀의 변신에 매 순간 새로운 매력을 더해주었다. ▸

Et son bras et sa jambe, et sa cuisse et ses reins,

Polis comme de l'huile, onduleux comme un cygne,

Passaient devant mes yeux clairvoyants et sereins;

Et son ventre et ses seins, ces grappes de ma vigne,

S'avançaient, plus câlins que les Anges du mal,

Pour troubler le repos où mon âme était mise,

Et pour la déranger du rocher de cristal

Où, calme et solitaire, elle s'était assise.

Je croyais voir unis par un nouveau dessin

Les hanches de l'Antiope au buste d'un imberbe,

Tant sa taille faisait ressortir son bassin.

Sur ce teint fauve et brun, le fard était superbe ! ‣

그녀의 팔과 다리, 그리고 허벅지와 허리는
기름을 바른 듯 매끄럽고, 백조처럼 물결쳐,
밝고 고요한 내 눈앞에서 어른거리고
나의 포도덩굴에 달린 조개 같은 그녀의 배와 젖가슴은,

악의 **천사**보다 더 아양 떨며 다가와,
내 영혼의 휴식을 방해하고,
수정 바위 위에 고요하게 홀로 앉아 있던
내 마음을 마구 흔들어 놓았다.

마치 소년의 미끈한 상반신 그림에
안티오페*의 탄탄한 엉덩이를 붙여놓은 듯,
날씬한 허리 덕에 골반은 더욱 **빵빵**해 보였고,
갈색 피부 위에 바른 화장은 정말 기막혔다! ▸

• 　그리스신화 속 테베의 공주. 그녀가 잠든 사이, 제우스가 숲의 정령 사티로스
　로 변신하여 그녀를 겁탈하였다.

— Et la lampe s'étant résignée à mourir,

Comme le foyer seul illuminait la chambre,

Chaque fois qu'il poussait un flamboyant soupir,

Il inondait de sang cette peau couleur d'ambre !

— 그리고 마침내 램프 불은 사그라지고,
화톳불만이 어두운 방을 어렴풋이 비추며,
타오르는 불빛이 한숨을 뱉어낼 때마다,
그녀의 호박빛 피부를 핏빛 물결로 뒤덮었다.

LESBOS

Mère des jeux latins et des voluptés grecques,
Lesbos, où les baisers, languissants ou joyeux,
Chauds comme les soleils, frais comme les pastèques,
Font l'ornement des nuits et des jours glorieux ;
Mère des jeux latins et des voluptés grecques,

Lesbos, où les baisers sont comme les cascades
Qui se jettent sans peur dans les gouffres sans fonds
Et courent, sanglotant et gloussant par saccades,
Orageux et secrets, fourmillants et profonds ;
Lesbos, où les baisers sont comme les cascades !

Lesbos, où les Phrynés l'une l'autre s'attirent,
Où jamais un soupir ne resta sans écho,
À l'égal de Paphos les étoiles t'admirent,
Et Vénus à bon droit peut jalouser Sapho !
Lesbos où les Phrynés l'une l'autre s'attirent, ›

레스보스

라틴풍의 놀이와 그리스적 향락의 어머니,
레스보스, 태양처럼 뜨겁고, 수박처럼 상큼한,
나른한 혹은 유쾌한 입맞춤이
찬란하고 빛나는 낮밤을 장식한다.
라틴풍의 놀이와 그리스적 향락의 어머니,

레스보스, 그곳에선 입맞춤도 폭포 같아,
밑이 보이지 않는 심연 속으로 겁 없이 쏟아져
때로 흐느끼고, 때로 킥킥대면서 요동쳐 달려간다,
난폭하고 은밀하게, 끝없이 깊고 넘치게,
레스보스, 그곳에선 입맞춤도 폭포 같아!

레스보스, 그곳에선 미녀들이 서로 끌어당기고,
사랑의 탄식이 메아리치고,
별들은 너를 키프로스와 동급으로 찬미하니,
비너스가 사포를 시샘하는 것도 당연하지!
레스보스, 그곳에선 미녀들이 서로 끌어당기고, ▸

Lesbos, terre des nuits chaudes et langoureuses,

Qui font qu'à leurs miroirs, stérile volupté !

Les filles aux yeux creux, de leur corps amoureuses,

Caressent les fruits mûrs de leur nubilité ;

Lesbos, terre des nuits chaudes et langoureuses,

Laisse du vieux Platon se froncer l'œil austère ;

Tu tires ton pardon de l'excès des baisers,

Reine du doux empire, aimable et noble terre,

Et des raffinements toujours inépuisés.

Laisse du vieux Platon se froncer l'œil austère.

Tu tires ton pardon de l'éternel martyre,

Infligé sans relâche aux cœurs ambitieux,

Qu'attire loin de nous le radieux sourire

Entrevu vaguement au bord des autres cieux !

Tu tires ton pardon de l'éternel martyre ! ‣

레스보스, 뜨겁고 나른한 밤의 땅,
스스로의 몸에 반한 아가씨들,
퀭한 눈으로 거울을 비춰보며, 오 불임의 쾌락이여!
과년한 여인의 무르익은 열매를 어루만진다.
레스보스, 뜨겁고 나른한 밤의 땅,

늙은 플라톤이야 엄격한 눈살을 찌푸리라지.
감미로운 왕국의 여왕, 사랑스럽고 고귀한 땅이여,
너는 항상 용서받는다. 넘치는 입맞춤과
결코 마르지 않는 풍부한 세련됨으로.
늙은 플라톤이야 엄격한 눈살을 찌푸리라지.

너는 그 영원한 고뇌를 통해 용서받는다.
멀리 다른 하늘 끝자락 사이로 살짝 엿보인
빛나는 미소에 이끌린 야심 찬 영혼들,
그 열망하는 가슴에 쉴 새 없이 들끓는 고뇌!
너는 그 영원한 고뇌를 통해 용서받는다! ▸

Qui des Dieux osera, Lesbos, être ton juge

Et condamner ton front pâli dans les travaux,

Si ses balances d'or n'ont pesé le déluge

De larmes qu'à la mer ont versé tes ruisseaux?

Qui des Dieux osera, Lesbos, être ton juge?

Que nous veulent les lois du juste et de l'injuste?

Vierges au cœur sublime, honneur de l'Archipel,

Votre religion comme une autre est auguste,

Et l'amour se rira de l'Enfer et du Ciel!

Que nous veulent les lois du juste et de l'injuste?

Car Lesbos entre tous m'a choisi sur la terre

Pour chanter le secret de ses vierges en fleurs,

Et je fus dès l'enfance admis au noir mystère

Des rires effrénés mêlés aux sombres pleurs;

Car Lesbos entre tous m'a choisi sur la terre. ‣

레스보스여, 어느 신이 감히 너를 심판하랴,
작업으로 창백해진 네 이마를 벌하랴?
바다로 흘러든 네 눈물의 홍수를
어느 누구도 황금 저울로 재보지 않았거늘,
레스보스여, 어느 신이 감히 너를 심판하랴?

옳고 그름의 법이 우리에게 무슨 소용이랴?
에게해의 자랑인 숭고한 마음의 처녀들이여,
그대들의 종교 역시 다른 종교처럼 존엄하고,
사랑 앞에서는 **지옥**도 **천국**도 우스개에 불과하거늘!
옳고 그름의 법이 우리에게 무슨 소용이랴?

레스보스는 이 세상 많은 사람 중에 나를 택했으니,
꽃핀 처녀들의 비밀을 노래하라고,
게다가 나는 어릴 적에 이미 침울한 울음 섞인
미친 듯한 웃음소리의 검은 신비에 입문하였다.
레스보스는 이 세상 많은 사람 중에 나를 택했으니. ▸

Et depuis lors je veille au sommet de Leucate,

Comme une sentinelle à l'oeil perçant et sûr,

Qui guette nuit et jour brick, tartane ou frégate,

Dont les formes au loin frissonnent dans l'azur ;

Et depuis lors je veille au sommet de Leucate,

Pour savoir si la mer est indulgente et bonne,

Et parmi les sanglots dont le roc retentit

Un soir ramènera vers Lesbos, qui pardonne,

Le cadavre adoré de Sapho, qui partit

Pour savoir si la mer est indulgente et bonne !

De la mâle Sapho, l'amante et le poète,

Plus belle que Vénus par ses mornes pâleurs !

— L'œil d'azur est vaincu par l'œil noir que tachète ▸▸

108

그때부터 나는 레프카다 곶* 꼭대기에서 망을 본다.
저 멀리 창공 아래 그 형태 가물거리는
크고 작은 범선들을 밤낮으로 감시하는
확실하고 예리한 눈빛의 파수꾼처럼,
그때부터 나는 레프카다 곶 꼭대기에서 망을 본다.

바다가 과연 너그럽고 친절한지 알기 위하여,
그리고 바위에 메아리치는 흐느낌 속에,
바다에 몸을 던진 사포의 숭배받는 시신이, 어느 날 저녁,
모든 것을 용서하는 레스보스로 돌아오는지, 그리고 또,
바다가 과연 너그럽고 친절한지 알기 위하여!

씩씩한 여인 사포, 연인이며 시인인 그대,
그대는 그 침울한 창백함으로 비너스보다 더 아름답다!
— 하늘을 닮은 여신의 푸른 눈동자도   ▸▸

* 이오니아해에 있는 섬의 이름이자, 이곳에 있는 곶의 이름이기도 하다. 전설
  에 의하면 그리스 최고의 여성 시인 사포가 높이 60미터인 이 곶의 절벽에서
  바다로 뛰어내려 자살했다고 한다.

Le cercle ténébreux tracé par les douleurs

De la mâle Sapho, l'amante et le poète !

— Plus belle que Vénus se dressant sur le monde

Et versant les trésors de sa sérénité

Et le rayonnement de sa jeunesse blonde

Sur le vieil Océan de sa fille enchanté ;

Plus belle que Vénus se dressant sur le monde !

— De Sapho qui mourut le jour de son blasphème,

Quand, insultant le rite et le culte inventé,

Elle fit son beau corps la pâture suprême

D'un brutal dont l'orgueil punit l'impiété

De celle qui mourut le jour de son blasphème,

Et c'est depuis ce temps que Lesbos se lamente,

Et, malgré les honneurs que lui rend l'univers,

S'enivre chaque nuit du cri de la tourmente

Que poussent vers les cieux ses rivages déserts ! ▸▸

고통으로 얼룩진 검은 눈동자만 못하구나.
씩씩한 여인 사포, 연인이며 시인인 그대!

― 세상 위에 우뚝 솟은 비너스보다 아름답구나,
보석처럼 반짝이는 여신의 차분한 모습과,
눈부신 광채 뿜는 젊은 금발 머리에
늙은 아버지 **대양**조차 매혹당하지만 그럼에도 그녀는
세상 위에 우뚝 솟은 비너스보다 아름답구나!

― 그 모독의 날에 죽은 사포,
사람이 만든 의식과 예배를 비웃으며,
그녀의 배교를 오만으로 벌한 짐승 같은 사내에게,
자신의 아름다운 몸을 마지막 먹이로 바친
그 모독의 날에 죽은 그 여자.

그리하여 이때부터 레스보스는 탄식한다.
온 세상의 숭배를 한 몸에 받으면서도,
밤마다 하늘을 향해 비탄의 외침을 토한다.
그녀가 사라진 황량한 땅은 그 외침에 취한다, ▸▸

Et c'est depuis ce temps que Lesbos se lamente !

그리하여 이때부터 레스보스는 탄식한다.

ÉPIGRAPHE POUR UN LIVRE CONDAMNÉ

Lecteur paisible et bucolique,

Sobre et naïf homme de bien,

Jette ce livre saturnien,

Orgiaque et mélancolique.

Si tu n'as fait ta rhétorique

Chez Satan, le rusé doyen,

Jette ! tu n'y comprendrais rien,

Ou tu me croirais hystérique.

Mais si, sans se laisser charmer,

Ton œil sait plonger dans les gouffres,

Lis-moi, pour apprendre à m'aimer ;

Ame curieuse qui souffres

Et vas cherchant ton paradis,

Plains-moi ! ⋯ Sinon, je te maudis !

유죄 선고받은 책에 부치는 제사(題詞)

평화롭고 목가적인 독자여,
순진하고 착해 빠진 샌님이여,
집어던져라 이 책일랑,
슬픔과 방탕과 우울뿐일지니.

간교한 **악마** 교장선생님의 지도 아래
수사학을 배우고 익히지 않았다면,
집어던져라! 그대 아무것도 이해하지 못할 테니,
그저 날 미치광이로 여길 테니.

그러나 그대 눈이 심연을 볼 수 있다면,
그 속에 빠져서도 홀리지 않을 수 있다면,
읽어다오, 그리고 날 사랑하는 법을 배워다오.

그대, 호기심에 번뜩이는 번뇌하는 영혼이여,
낙원을 찾아 방랑하는 영혼이여,
날 불쌍히 여겨다오! … 안 그러면 난 그대를 저주하리!

RECUEILLEMENT

Sois sage, ô ma Douleur, et tiens-toi plus tranquille.
Tu réclamais le Soir ; il descend ; le voici :
Une atmosphère obscure enveloppe la ville,
Aux uns portant la paix, aux autres le souci.

Pendant que des mortels la multitude vile,
Sous le fouet du Plaisir, ce bourreau sans merci,
Va cueillir des remords dans la fête servile,
Ma Douleur, donne-moi la main ; viens par ici,

Loin d'eux. Vois se pencher les défuntes Années,
Sur les balcons du ciel, en robes surannées ;
Surgir du fond des eaux le Regret souriant ;

Le Soleil moribond s'endormir sous une arche,
Et, comme un long linceul traînant à l'Orient,
Entends, ma chère, entends la douce Nuit qui marche.

명상

오, 나의 **고뇌**여, 좀 참아라, 좀 조용히!
넌 **저녁**이 오기를 졸라댔지. 이제 저기 오고 있어.
어두운 대기가 도시를 감싸고
어떤 이에겐 평화, 또 어떤 이에겐 근심을 가져다주네.

덧없는 인간들의 천박한 무리가,
쾌락이라는 저 무자비한 망나니의 채찍 아래,
비천한 축제에서 후회를 주우러 달려가는 동안,
나의 **고뇌**여, 이리 와 내 손을 잡으렴.

우리 함께 멀리 떠나자. 자, 보렴. 옛날 의복을 입은
지나간 **세월**이 하늘의 발코니에서 우릴 내려다보네.
또 **회한**은 미소 지으며 물에서 솟아오르네.

스러져 가는 **태양**은 다리 아래로 잠든다.
사랑스런 나의 **고뇌**여, 들어보라. 동녘으로 길게
늘어뜨린 수의 자락처럼, 감미로운 **밤**이 걸어오는 소리를.

LES PLAINTES D'UN ICARE

Les amants des prostituées
Sont heureux, dispos et repus ;
Quant à moi, mes bras sont rompus
Pour avoir étreint des nuées.

C'est grâce aux astres nonpareils,
Qui tout au fond du ciel flamboient,
Que mes yeux consumés ne voient
Que des souvenirs de soleils.

En vain j'ai voulu de l'espace
Trouver la fin et le milieu ;
Sous je ne sais quel œil de feu
Je sens mon aile qui se casse ;

Et brûlé par l'amour du beau,
Je n'aurai pas l'honneur sublime
De donner mon nom à l'abîme
Qui me servira de tombeau.

어느 이카로스의 탄식

창녀의 애인들은 행복하겠구나,
배부르고 등 따습겠구나.
그런데 나는 구름을 껴안았다가
팔이 부러졌다.

하늘 높은 곳에서 반짝이는
찬란한 별들 덕분에
내 눈은 타버렸다.
보이는 것은 오직 태양의 기억뿐.

헛되었다, 우주의 복판을 지나,
그 끝을 찾아내려 한 나의 노력은.
정체 모를 뜨거운 불의 눈 아래서
내 날개는 시시각각 녹아내리고 있다.

아름다움을 사랑하다 타 죽더라도,
내게는 아무런 영예도 남지 않으리.
심지어는 내 무덤이 되어줄 저 심연에
내 이름을 남기지도 못하리.

L'ÉTRANGER

— Qui aimes-tu le mieux, homme énigmatique, dis? ton père, ta mère, ta sœur ou ton frère?

— Je n'ai ni père, ni mère, ni sœur, ni frère.

— Tes amis?

— Vous vous servez là d'une parole dont le sens m'est resté jusqu'à ce jour inconnu.

— Ta patrie?

— J'ignore sous quelle latitude elle est située.

— La beauté?

— Je l'aimerais volontiers, déesse et immortelle.

— L'or?

— Je le hais comme vous haïssez Dieu.

— Ah! qu'aimes-tu donc, extraordinaire étranger?

— J'aime les nuages··· les nuages qui passent··· là-bas··· là-bas··· les merveilleux nuages!

이방인

— 이 수수께끼 같은 사람아, 말해봐, 넌 누구를 제일 사랑하니? 네 아버지, 어머니, 누이, 아니면 형제?

— 내겐 없어. 아버지도, 어머니도, 누이도, 형제도.

— 그럼 네 친구들?

— 당신이 쓰는 그 말은 내겐 의미조차 생소해.

— 그럼 네 조국?

— 나는 그런 게 어느 위도에 있는지도 몰라.

— 그렇다면 아름다운 여인은?

— 나는 그녀를 기꺼이 사랑할거야, 만약 불멸의 여신이라면.

— 그럼 황금은?

— 나는 황금을 미워해, 당신이 신을 미워하듯이.

— 아! 그럼 넌 뭘 사랑한단 말이냐, 이 별난 이방인아?

— 나는 구름을 사랑해… 흘러가는 구름을… 저기… 저기… 저 멋진 구름을!

ENIVREZ-VOUS

Il faut être toujours ivre. Tout est là : c'est l'unique question. Pour ne pas sentir l'horrible fardeau du Temps qui brise vos épaules et vous penche vers la terre, il faut vous enivrer sans trêve.

Mais de quoi ? De vin, de poésie ou de vertu, à votre guise. Mais enivrez-vous.

Et si quelquefois, sur les marches d'un palais, sur l'herbe verte d'un fossé, dans la solitude morne de votre chambre, vous vous réveillez, l'ivresse déjà diminuée ou disparue, demandez au vent, à la vague, à l'étoile, à l'oiseau, à l'horloge, à tout ce qui fuit, à tout ce qui gémit, à tout ce qui roule, à tout ce qui chante, à tout ce qui parle, demandez quelle heure il est ; et le vent, la vague, l'étoile, l'oiseau, l'horloge, vous répondront : « Il est l'heure de s'enivrer ! Pour n'être pas les esclaves martyrisés du Temps, enivrez-vous ; enivrez-vous sans cesse ! De vin, de poésie, de vertu, à votre guise. »

취하라

항상 취해 있어야 한다. 핵심은 바로 거기에 있다. 이것이야말로 유일한 문제이다. 그대의 어깨를 짓누르고, 그대의 허리를 땅쪽으로 휘는 무서운 **시간**의 중압을 느끼지 않으려면 쉴 새 없이 취해야 한다.

그러나 무엇에? 술에, 시에, 미덕에, 무엇에건 그대 좋을 대로. 다만 취하라.

그러다 때로 궁전의 계단 위나 도랑가 푸른 풀 위에서, 또는 삭막하고 고독한 그대의 방에서 깨어나 문득 취기가 줄어들었음을, 혹은 사라졌음을 발견하게 되면 물어보라. 바람에게, 파도에게, 별에게, 새에게, 시계에게, 달아나는 모든 것, 신음하는 모든 것, 구르는 모든 것, 노래하는 모든 것, 말하는 모든 것에 물어보라. 지금 몇 시냐고. 그러면 바람은, 별은, 새는, 시계는 대답하리라. "지금은 취할 시간이다! **시간**의 학대받는 노예가 되지 않으려면 취하라. 쉴 새 없이 취하라! 술에, 시에, 미덕에, 무엇에건 그대 좋을 대로."

해설

도시적 감성과 현대성의 시인, 샤를 보들레르

이봉지

19세기 프랑스 시인 샤를 보들레르의 시집 『악의 꽃 *Les Fleurs du Mal*』은 어쩌면 세계문학사에서 가장 유명한 시집 중 하나일 것이다. 작가인 보들레르나 그의 시에 대해 모르는 사람들 중에도 이 시집의 제목을 알고 있는 사람이 다수 존재하기 때문이다. 사실 보들레르는 다작 시인이 아니다. 운문시로는 그의 대표작인 『악의 꽃』에 수록된 시들을 제외하면 여기저기 잡지에 게재된 몇몇 시들이 있을 뿐이다. 또한 그의 사후에 출판된 『산문시집 *Petits poèmes en Prose*』(후에 『파리의 우울』로 제목이 바뀜)은 산문이라는 새로운 형식을 처음으로 시의 영역에 적용한 것이었기 때문에 당시 기준으로는 시로 분류되기 어려웠다.

그럼에도 보들레르는 19세기 프랑스를 대표하는 시인으로 평가받는다. 실제로 그의 시는 모더니즘에 지대한 영향을 끼쳤으며, 이 때문에 스테판 말라르메, 폴 베를렌, 그리고 아르튀르 랭보와 같은 상징주의 시인들로부터 대단한 추앙을 받았다. 또한 그의 영향력은 19세기를 넘어 20세기까지 이어진다. 한마디로 보들레르는 현대시의 문을 활짝 연 시인이라고 할 수 있다.

126

1. 보들레르의 생애

샤를 보들레르(Charles Pierre Baudelaire)는 1821년 4월 9일 파리에서 아버지 조제프 프랑수아 보들레르(Josephe-François Baudelaire)와 어머니 카롤린 뒤페(Caroline Dufays) 사이에서 태어났다. 당시 아버지는 62세로 재혼이었고, 어머니는 28세였다. 보들레르의 아버지는 파리대학에서 철학과 신학을 공부한 사제였으나 프랑스 혁명 시기에 환속하여 국회 상원 행정실에 근무하던 중 첫 결혼을 하였고 이 결혼에서 아들 한 명을 두었다.

1827년, 샤를이 6세 되던 해에 아버지가 사망하였다. 어머니는 샤를과 함께 파리 근교 뇌이유의 별장에서 이해 여름을 지내는데, 샤를은 그의 시 「나는 잊지 않았네」에서 에덴동산과도 같던 이 시절을 회상한다. 그 집은 "도시 근교의 작지만 고요한 우리의 하얀 집"이다. 그곳에는 정원에 "포모나 석고상과 오래된 비너스 상"이 있고, "유리창 너머"로 쏟아지는 "찬란한 태양 빛"을 받으면서 어머니와 함께 소박한 식탁보 깔린 식탁에 마주 앉아 "길고 말 없는 저녁 식사"를 나누던 곳이다. 시인은 어머니, 그리고 다정한 하녀 마리에트와 함께 지낸 낙원같이 행복했던 이 시절의 추억을 오랫동안 잊지 못한다.

1828년 어머니는 육군 소령 잭 오픽(Jack Aupick)과 재혼한다. 이 재혼에 관하여 보들레르 연구자들 사이에는 상반된 의견이 있다. 샤를이 이 재혼으로 대단한 충격을 받았다는 의견도 있고, 그렇지 않다는 의견도 있다. 그러나 한 가지 분명한 것은 오픽이 좋은 군인일 뿐만 아니라 좋은 사람이었으며, 의붓아들 샤를에 대해서도 좋은 아버지가 되려고 노력했다는 점이다.

1831년, 열한 살의 샤를은 의붓아버지 오픽의 전근에 따라 리옹의 중학교에 입학한다. 1836년, 오픽이 파리로 전근됨에 따라 파리의 명문 루이 르 그랑 고등학교에 기숙생으로 입학한다. 샤를은 좋은 학생으로, 여러 번 학업우수상을 받았다. 그러나 1839년 4월, 급우로부터 받은 쪽지를 제출하기를 거부함으로써 퇴학당한다. 오픽은 아들을 크게 나무라지 않고 아들의 바람대로 개인 가정교사를 붙여주었다. 그해에 대학 입학자격시험에 합격한 샤를은 오픽의 뜻에 따라 파리 법과대학에 진학하였다. 그러나 법학에는 별로 관심이 없어 주로 문학청년들과 어울렸다.

1841년, 20세가 된 샤를은 자유분방한 생활을 하며 많은 빚도 지게 되었다. 샤를의 이복형 알퐁스를 통해 이런 사정을 알게 된 오픽은 아들의 개과천선을 기대하며 인도의 캘커타를 향해 떠나는 남해호에 샤를을 태워 보낸다. 1월에 보르도항을 출발한 배는 9월 초에 모리스섬에 기항하게 되는데, 샤를은 그곳에서 프랑스계 주민인 브라가르(Bragard)를 만난다. 「식민지 태생의 프랑스 부인께」라는 소네트는 그의 부인에게 바쳐진 것이다. 11월에 배가 부르봉섬에 기항했을 때, 마침 프랑스로 가는 귀국선이 있다는 사실을 알게 된 샤를은 인도로 가는 대신, 이 배로 바꿔 타고 1842년 2월, 보르도로 귀항한다.

그해 4월 9일에 마침내 보들레르는 법적 성년이 되어 생부의 유산을 상속받게 되었다. 이전부터 멋진 옷을 차려입고 댄디 생활을 하며 많은 빚을 지기도 했던 샤를은 예의 낭비벽으로 꽤 많은 재산을 2년 만에 절반 가까이 탕진하였다. 특히 그는 값비싼 가구와 예술품을 많이 사들였는데, 현금이 부족할 경우, 고리의 사채까지 쓰는 바람에 비용은 눈덩이처럼 불어났다. 또한 그는 인도 여행 전후에 만난 것으로 추정되는 혼혈여인 잔 뒤발과 교제하면서 많은 돈을 썼다. '검은 비너스'로도 불리는 이 여인은 「이국의 향기」, 「아름다움」, 「머리채」를 비롯한 많은 시들에 영감을 주기도 하였지만 동시에 그에게 많은 부담을 주기도 했다. 결국 보들레르의 가족은 1944년, 법원에 금치산 신청을 하였고, 법원의 판결에 따라 샤를은 자신의 재산에 대한 처분권을 빼앗긴다. 이후, 그는 평생 법정 후견인으로부터 생활비를 타 쓰는 신세가 되며, 낭비벽 때문에 계속 빚에 쪼들린다.

이 시기 보들레르는 이미 『악의 꽃』에 실릴 시들을 쓰고 있었으며, 그중 5편의 시는 가명으로 잡지에 발표했다. 또한 미술비평에도 관심을 보여 『1845년의 미술전 *Salon de 1845*』과 『1846년의 미술전』을 가명으로 발표하여 평단의 인정을 받는다. 1845년 6월, 보들레르는 칼로 가슴을 찔러 자살을 시도하나 미수로 끝나고 그 직후, 어머니 오픽 부인은 아들을 자기 집으로 데려간다. 그러나 몇 개월이 지나지 않아 샤를은 의붓아버지와 절연하고 집을 나온다. 이해 가을, 보들레르는 처음으로 '레스보스 섬의 여인들'이라는 시집 출판 계획을 밝힌다. 이 제목은 후에 '악의 꽃'으로 바뀐다.

1847년, 보들레르의 유일한 중편소설인 「라 팡팔로 La Fanfarlo」가 발표된다. 이해 가을, 그는 또 한 명의 뮤즈인 여배우 마리 도브랭을 만난다. 「여행에의 초대」, 「가을의 노래」 등 많은 시에 영감을 준 이 여인은 잔 뒤발과는 달리 관능적 대상이 아니라 '어머니, 연인, 혹은 누이'와 같은 평온하고 다정한 이미지이다. 또한 보들레르는 이해에 처음으로 미국 작가 에드거 앨런 포의 작품에 주목하게 되며, 다음 해인 1848년에 그의 단편소설 「넋 나가는 계시 Mesmeric Revelation」를 번역·발표한 이래, 여러 작품을 번역하여 1856년에 『이상한 이야기 *Histoires extraordinaires*』라는 단편소설 모음집으로 출판하여 상당한 성공을 거둔다.

1850년, 보들레르는 그때까지 쓴 시들을 필경사에게 필사시켜 표지를 갖추어 묶는다. 또한 처음으로 보들레르라는 본명을 사용하여 세 편의 시를 잡지에 발표하는데, 이 잡지에는 『지옥의 변경 *Les Limbes*』이라는 그의 시집의 출간이 예고되기도 했다. 이 시들은 이후 발표된 시들과 함께 1857년 6월에 단행본으로 출판된다. 이 시집의 제목인 "악의 꽃"

의 프랑스 원문은 "Les Fleurs du Mal"인데, 여기서 'Mal'은 도덕적인 악이라는 의미뿐만 아니라 고통이나 불행의 원인, 고뇌, 질병 등을 포함하는 상당히 포괄적인 개념이다. 이 제목처럼 이 시집에는 관능과 육욕, 권태와 같은 악덕뿐만 아니라 현대 도시에서 볼 수 있는 온갖 추하고 끔찍한 인물 군상들이 묘사되어 있다. 이 때문에 이 시집은 출판 이후 한 달여 만에 공중도덕과 미풍양속을 저해한다는 죄목으로 기소되어 결국 유죄판결을 받는다. 보들레르에 대한 벌금형과 『악의 꽃』에 수록된 시 중 6편의 시에 대한 삭제명령이 내려진 것이다. 이 판결은 거의 1세기가 지난 1949년에야 정지된다.

이 시들 중 한 편인 「보석들」이라는 시는 그 제목부터 의미심장하다. 예로부터 '보석'은 여성의 성기를 상징하는 은어였다. 물론 보들레르는 이 보석을 실제 애인이 몸에 걸친 보석으로 묘사하였다.

> 벌거벗은 내 사랑하는 여인은, 내 취향을 잘 알기에,
> 소리 나는 보석들로만 몸을 치장하고 있었다,
> 호사스런 장신구를 걸친 그녀는, 무어인들의 계집 노예들이
> 경사스런 날에 보이는 그런 당당한 모습을 보여주었다.

그러나 19세기 프랑스인들은 보들레르의 이런 눈가림에 속지 않았다. 실제로 18세기 프랑스 계몽철학자인 드니 디드로는 『입 싼 보석들 Les Bijoux indiscrets』이라는 소설에서 여성 성기가 자신의 경험에 대해 말한다는 설정을 한 적도 있는 만큼, 은어에 정통하지 않은 사람일지라도 이 제목의 중의성을 충분히 깨달을 수 있었기 때문이다. 또한 시의 내용 역시 성행위를 묘사하고 있는 것이 분명하다. 따라서 당시 판결은 당대의 도덕 기준에 따르면 충분히 가능한 것일 수 있었다.

1861년, 보들레르는 삭제명령을 받은 6편의 시를 제외하고, 그 대신

1857년 이후에 쓴 35편의 시를 더하여 『악의 꽃』 제2판을 출판하였다. 시인의 생전에 마지막으로 출판된 이 판본은 『악의 꽃』의 정본으로 간주된다.

이후 보들레르는 운문으로 시를 쓰는 대신 주로 산문시를 발표하였다. 1862년, 그는 20편의 산문시를 잡지에 발표하였는데, 이 산문시들은 그 이후에 창작된 30편의 산문시들과 함께 시인의 사후인 1869년에 『산문시집』이라는 제목으로 출판되었다가 후에 편집자들에 의해 『파리의 우울, 산문시집』으로 제목이 바뀌었다. 보들레르는 산문시의 서문 격인 「아르센 우세에게 보내는 편지」에서 자신의 지향이 '리듬도 각운도 없는 시적 산문'이라는 새로운 시 형식의 창조에 있음을 천명하였다. 이처럼 전통적 시 형식에서 탈피하여 현대의 도시 생활을 보다 잘 표현할 수 있는 시 형식을 탐구한 그의 실험적 정신은 이후 랭보 등을 거쳐 모더니즘 계열 시인들에게 큰 영향을 끼쳤다.

『악의 꽃』 출간 이후에도 보들레르의 경제적 어려움은 계속되었다. 빚에 쪼들린 그는 이를 타개하기 위해 1864년 브뤼셀로 갔다. 그곳에서 수차례 강연을 하도록 초청을 받은 것이었다. 그러나 예상과 달리 강연은 실패로 돌아갔고, 상황은 더욱 어려워질 뿐이었다. 건강까지 나빠진 그는 1866년 3월에 마비 증세를 일으켰고, 이 소식을 듣고 달려온 어머니 오픽 부인과 함께 그해 7월에 파리에 돌아갔다. 그러나 그의 증세는 전혀 차도가 없어서 바로 병원에 입원해야 했다. 1867년 8월 31일, 마비와 실어증으로 고통받던 보들레르는 13개월의 투병 생활 끝에 마침내 파리 개선문 근처의 병원에서 사망하여 몽파르나스 묘지에 묻혔다.

2. 『악의 꽃』: 악덕과 고통과 추악함 속에서 피어난 꽃

보들레르는 흔히 현대성의 시인으로 평가받는다. 그의 시가 당시 유행하던 낭만주의 시와는 달리 산업사회의 대도시에서 살아가는 도시인들의 생활과 욕망과 고뇌를 주로 표현하였던 까닭이다. 그의 시에는 전통적 시의 주제인 고상하고 아름다운 주제들뿐만 아니라 대도시의 추한 풍경과 그곳에서 살아가는 잡다한 인간 군상들, 그리고 그들 중 하나인 시인 자신의 악덕까지 등장한다. 또한 그는 이러한 주제들을 고전적 형식이라는 엄격한 틀 속에 녹여냄으로써 동시대인들의 정서를 문학적 차원으로 승화시켰다. 이리하여 그는 『악의 꽃』이라는 시집의 제목처럼 악, 즉 악덕과 추악함 속에서 꽃, 즉 새로운 아름다움을 찾아낼 수 있었다. 그가 19세기의 시인에 머무르지 않고, 오늘날까지도 프랑스를 대표하는 시인으로 자리매김할 수 있었던 것은 아마도 이와 같은 현대성 덕분일 것이다.

『악의 꽃』의 주제 중 하나인 악덕은 이 시집의 서시 격인「독자에게」의 첫 연에서부터 열거된다. "어리석음, 과오, 죄악, 인색"이 그것이다. 이에 더하여 "악의 베개 위에 앉은 것은 바로 사탄"이며, "우리는 악마의 줄에 매달린 꼭두각시"에 불과하다. "우리는 은밀한 쾌락을 훔쳐/ 시들어 빠진 오렌지 짜듯" 쥐어짜며, "우리 뇌수는 마귀 떼들의 잔치판"이다. 그러나 이런 모든 악덕 중에서 시인이 "가장 추악하고 악랄하고 더러운 놈"으로 꼽는 것은 "바로 권태"이다. 보들레르의 시대인 19세기에 있어 권태는 특히 현대적 악덕이었다. 물론 권태는 까마득한 옛날부터 존재했지만 그것과 악덕이 연결된 것은 특히 세기말, 즉 18세기 말에 이르러서이다. 샤토브리앙의 『르네』를 비롯한 낭만주의 소설의 주인공들은 자주 이유 없이 슬프고, 삶을 혐오하는 상태에 빠지는데, 이것은 바로 세기말의 병인 권태 때문이다. 그러므로 이 권태를 모든 악덕 위에

놓는 것은 보들레르의 주제가 현대인, 즉 그와 함께 살고 있는 당대인의 악덕이라는 것을 방증한다.

『악의 꽃』에서 이러한 주제의 현대성은 1861년에 새로 첨가된 부분인 '파리 풍경'에서 특히 두드러진다. 보들레르는『악의 꽃』초판을 구성하는 다섯 부('우울과 이상', '술', '악의 꽃', '반항', '죽음')에 18편의 시로 구성된 이 부분을 더하여 총 여섯 부로 시집을 확대하였는데, 여기에서 보들레르는 파리라는 도시에서 살아가는 인간들의 비참을 다루었다.

예를 들어 제2부 '파리 풍경'의 열 번째 시「어스름 저녁」에서 묘사된 파리의 저녁은 결코 전통적인 목가적 풍경이 아니다. 현대적 대도시인 파리에서 이제 어둠은 안식의 시간이 아니라 온갖 악덕이 출현하는 시간이다.

> 노름을 최고의 기쁨으로 삼는 탁자에는
> 창녀와 그들의 공범자, 협잡꾼들로 가득하다.
> 휴식도 인정도 없는 도둑들도
> 이윽고 밥벌이를 시작하여
> 며칠의 양식과 정부의 옷값을 위해
> 가만가만 문과 금고를 비틀리라.

실제로 '파리 풍경'에는 위에 열거된 창녀와 노름꾼과 도둑들뿐만 아니라 거지, 노인, 장님, 해골, 병자, 난봉꾼과 같은 비참한 인간들이 다수 등장한다. 그러나 본 선집에서 우리는 이러한 비참을 강조하는 시들 대신 비교적 낙관적인 시들인「스쳐 지나간 여인에게」,「나는 잊지 않았네」그리고「안개와 비」를 선택하였다. 물론 이들 시에서도 도시인의 삶은 녹록치 않다.「스쳐 지나간 여인에게」에서 묘사된 도시인의 사랑은 찰나적이다. 도시의 군중 속에서의 해후는 "번개… 그리고는 어둠"일 뿐이다. 일단 서로의 시야에서 사라지면 두 사람은 결코 다시 만날 수 없다. 「나는 잊지 않았네」의 낙원은 잃어버린 낙원에 불과하며, 「안개와 비」의 연인들은 "달 없는 밤 둘이서/ 우연의 침대에 누워 고통을 잠재우는 것"에 만족해야 한다. 그러나 이 시들에는 이러한 조건에도 불구하고 행복의 추억과 사랑의 가능성이 존재한다.

실제로 현대 독자들은 『악의 꽃』의 시들 중에서 당시 사회의 비참이나 인간 본성의 추악한 면을 강조한 시들보다는 인간의 보편적 정서를 반영하는 시들을 선호하는 경향이 있다. 21세기의 독자들에게는 악의 묘사가 더 이상 충격적이지 않은 것일까? 또한 당시 사회의 비참한 모습 역시 보들레르의 시대로부터 거의 이백 년이 지난 지금에는 그 시의성을 잃어버린 것일까?

3. 상응과 교감의 시학

본 시선집은 이러한 현대 독자들의 취향을 반영하여 오늘날 보들레르의 대표작으로 꼽히는 시들을 중심으로 구성되었다. 먼저 「상응(相應)」은 보들레르의 근본적인 미학을 설파한 시이다. 보들레르에게 있어 자연이란 신성하고 상징적인 것으로, 주의 깊은 관찰자는 상징을 해독하여 세계의 숨겨진 의미를 찾을 수 있다. 시인의 역할은 이 의미를 포착하여 적당한 말로 표현하는 것이다. 또한 이 자연 속에서 인간은 개별 감각의 경계를 넘어 모든 감각 세계가 하나로 통합되는 공감각에 이를 수 있다. 이러한 보들레르의 시학은 그의 대표작들에서 구체적으로 구현되며 이후 상징주의 시인들에게 큰 영향을 끼쳤다.

예를 들어 따뜻한 남국에서 연인과 함께하는 삶에 대한 동경이 담긴 「여행에의 초대」에서는 남쪽 나라의 자연과 연인의 존재가 상응하며, 이 따뜻한 나라의 묘사를 위해 촉각, 후각, 청각, 시각이 총동원된다. 「가을의 노래」는 겨울을 준비하는 파리의 풍경을 통해 가을이라는 계절의 쓸쓸한 정서와, 죽음을 향해 가는 인간의 조건을 탁월하게 대비시킨 시로서 인간의 오감 중에서 청각이 강조되고 있다. 장작 패는 소리는 시인의 귀에 "교수대 세우는 소리", "파성추 소리", "관에 못질하는 급한 망치 소리"를 거쳐 종래에는 "출발 신호"처럼 들리기 때문이다. 그리고 그 사이사이에 배치된 시각과 촉각, 그리고 미각을 표현하는 여러 단어들은 청각을 보충하며 감각적 풍요를 더한다. 또한 이러한 감각의 기호들은 하나의 상징이 되어 그 아래 숨겨져 있는 진실, 즉 인간의 조건을 드러낸다.

본 시선집의 두 번째 시인 「알바트로스」는 자연과 인간의 중재자라는 지고한 사명을 가진 시인이 겪는 수난을 그린다. "창공의 왕자"인 이 "거대한 바닷새"가 선원들에게 잡혀 "병신" 취급을 받는다. "시인도 다를 바 없는" 신세다. 그는 "지상에 유배되어 야유 속에" 내몰리는 "거인"이다. 시대를 앞서 새로운 시학을 설파하였던 보들레르는 알바트로스와 자신을 동일시하며 연민의 눈으로 이 "구름의 왕자"를 바라본다. 그리고 이 시는 특정 시대를 초월하여 스스로를 '미운 오리 새끼'로 여기는 독자들에게 지속적인 사랑을 받고 있다.

* * *

본 시선집에는 1857년의 재판에서 삭제명령을 받은 6편의 시들 중 「보석」과 「레스보스」 등 2편이 포함되어 있다. 이 시들을 통하여 독자들은 보들레르의 미의식과 당시 윤리관의 충돌 지점을 찾아낼 수 있을 것이다.

『악의 꽃』 이후에 집필된 시들로는 「유죄 선고받은 책에 부치는 제사(題詞)」, 「명상」, 「어느 이카로스의 탄식」이 있는데, 이 시들은 모두

1866년에 발간된『현대 고답파 시집*Parnasse Contemporain*』에 실린 시들이다. 당시 브뤼셀에 체류하던 보들레르는 이 책의 편집자들의 요청에 따라 15편의 시를 보냈는데, 이 시들은 모두 "새 악의 꽃(Nouvelles Fleurs du Mal)"이라는 큰 제목 아래 게재되었다.

본 시선집의 마지막을 장식하는「이방인」과「취하라」는 보들레르 사후인 1869년에 발간된『산문시집』에 게재된 것으로,「이방인」은 1862년에, 그리고「취하라」는 1864년에 처음으로 발표되었다. 이 두 편의 시는 각각 이 산문시집의 첫 번째와 33번째의 시로, 시집에 수록된 다른 48편의 시에 비해 비교적 길이가 짧다. 그럼에도 이 시들은 산문시의 창시자로 평가받는 보들레르의 대표적인 산문시들 중 하나로 자주 인용되며, 따라서 그의 산문시 전체에 접근하는 통로 역할을 할 수 있을 것이다.

번역 판본은 Baudelaire, *Oeuvres complètes, présentation et notes de Marcel A. Ruff* (Seuil, 1968)을 기준으로 삼았다. 그러나『악의 꽃』에 수록된 시편들의 순서는 이 판본의 순서가 아니라 1861년에 출간된 제2판을 따랐으며, 삭제명령을 받은 시들은『악의 꽃』제2판에 수록된 모든 시들 뒤에 배치되었다.

작가 연보

1821년   4월 9일 파리에서 출생.

1827년   아버지 조제프 프랑수아 보들레르 사망(68세).

1828년   어머니 카롤린 뒤페(35세), 잭 오픽 소령과 재혼.

1836년   파리의 명문 루이 르 그랑 고등학교 입학.

1839년   파리 법과대학에 입학하나 법학 공부를 하지 않고 문학청년들과
            어울림.

1844년   지나친 사치와 지출로 인해 금치산 선고를 받음.

1846년   미술비평집 『1845년의 미술전』 출간.

1847년   유일한 중편소설 『라 팡팔로』 출간.

1856년   에드거 앨런 포의 소설 『이상한 이야기』 번역 출간.

1857년   6월 25일 『악의 꽃』 출간.
            8월 20일 6편의 시 삭제명령 받음.

1861년   『악의 꽃』 제2판 출간.

1864년   벨기에로 떠남.

1866년   시집 『유실물』 발간(보들레르는 이를 공식적으로 승인하지 않음).
            마비 증세와 실어증 발병. 파리 귀환 및 병원 입원.

1867년   8월 31일 파리에서 사망.

지은이 **샤를 보들레르**

샤를 보들레르(Charles Pierre Baudelaire)는 19세기 프랑스의 시인이자 비평가이다. 낭만파·고답파에서 벗어나, 상징주의 시를 개척하여 현대시의 선구자가 되었다.

보들레르의 일생은 참으로 파란만장하였다. 6세 때 친부가 사망하였고, 의붓아버지와 불화를 겪기도 하였으며, 방탕한 생활로 빚을 져서 금치산 선고를 받았으나 댄디 생활을 계속했고, 『악의 꽃』의 내용이 공중도덕에 저촉된다는 이유로 피소되어 6편의 시 삭제명령을 받기도 했다. 이후 그는 경제적 어려움에 더하여 성병과 중풍, 실어증 같은 신체적 고통에 시달리다가 46세에 사망한다. 이러한 그의 삶은 '저주받은 시인'의 전형적인 모습이었다.

그러나 그가 남긴 유일한 시집인 『악의 꽃』은 현대시에 길을 터놓은 혁신적인 시집으로 평가되며, 산문시집인 『파리의 우울』은 산문시라는 현대시의 새로운 영역을 개척하였다. 또한 그는 미국 작가 에드거 앨런 포의 작품을 프랑스에 번역·소개하였고, 미술비평 분야에서도 뚜렷한 족적을 남겼다.

옮긴이 **이봉지**

서울대학교 불어교육학과를 졸업하고 같은 학교 대학원에서 석사학위를, 미국 노스웨스턴 대학에서 불문학 박사학위를 받았다. 현재 배재대학교 명예교수로 있다. 지은 책으로 『서사학과 페미니즘』이 있고, 옮긴 책으로는 『수녀』, 『철학편지』, 『캉디드 혹은 낙관주의』, 『보바리 부인』, 『플로스 강의 물방앗간』(공역) 등이 있다.

한울세계시인선 02

여행에의 초대
샤를 보들레르 시선집

지은이 ┃ 샤를 보들레르
옮긴이 ┃ 이봉지
펴낸이 ┃ 김종수
펴낸곳 ┃ 한울엠플러스(주)
편집책임 ┃ 조수임
편집 ┃ 정은선

초판 1쇄 인쇄 ┃ 2024년 6월 5일
초판 1쇄 발행 ┃ 2024년 6월 25일

주소 ┃ 10881 경기도 파주시 광인사길 153 한울시소빌딩 3층
전화 ┃ 031-955-0655
팩스 ┃ 031-955-0656
홈페이지 ┃ www.hanulmplus.kr
등록번호 ┃ 제406-2015-000143호

Printed in Korea.
ISBN 978-89-460-8313-4 03860